時光走向女孩

黃庭鈺

推薦序

像她這樣的一個女(夫)子——讀《時光走向女孩》

李欣倫(靜宜大學台灣文學系副教授・作家)

讀《時光走向女孩》，我的思緒不斷回到自己的中學時代——其實不太願意回想，大抵用上幾個關鍵字就想迅速帶過的黯淡時光：考試、升學壓力、困惑、徬徨，不過在幽黯的六年中學階段裡，仍有星點隱含微光，那是國、高中各一位國文教師透過文學作品所給予的；關於善意和體解的光，宛如火種在暗黑的升學壓力中，深植於身心。而後，光點漸長養成火炬，為我照明指路，當年老師所引介的文學文本——於我而言，無論表現形式各異，其核心總是充分理解、深度慈悲與強悍的自我辯證——和書寫支撐了我，不僅是浮木，那約莫是一艘小舟，穩當地渡我，行過生命中的險灘惡水，從容渡我，一岸又一岸。

讀〈我想對妳說說話〉時，讓我想及了中學時代的國文老師，課堂上的鼓勵和課後走廊上的私語，又是叮嚀又是提醒，生命經驗的傳遞，那種深怕學生繞遠路、跌破頭、渾身傷的母／姊／師絮語，遂從字裡行間綿長而悠揚開來，更珍貴的是，我讀到了身為一位教師的高度自覺：過去老師因疏忽而讓自己難堪的對話姿態，讓庭鈺提醒自己別再傳承複製，從孩子的艱困處回望自身，以同理心揣想高三生面對升學壓力的處境；無意間瞥見兩位女學生在樓梯間親吻，往昔回憶則如潮湧，種種皆顯示了她試圖溯返時光廊道，尋覓那曾是女孩（而非一個女人、母親或教師）的自己，彷若攬她人之鏡／境，反照自身，既是教師又謙卑為學生的修行。教師若常忘了曾經受挫、害怕失敗、陷入困境的學生時代的自己，忘了彼時內心如何交戰痛苦，又為何雀躍歡欣，其實很難真正走入學生的心扉，師生對立遂從此而生。然而，庭鈺似乎留意到了時間重要性，是以她靜靜凝望並陪伴著孩子，這是為什麼我可以輕易的從她的文字中讀到緩慢流動的時間感，那舒緩的敘事節奏，穩妥承接著躁動歡躍的青春，這或也是書名所呈現的意涵，也是我對「時光走向女孩」的詮釋：乘著時光之翼，作者引領讀者走向曾是女孩的自己，俯身蹲下，與女孩身高齊等，看看她青春幼嫩的臉，細審她不被理解的哀歡，那生命中未曾被修剪過的天真枝蔓，尚未濾除的發亮雜質。

於是，我讀到像她這樣一個女（夫）子：學習理解、避免犯錯、反覆琢磨、自我辯證，進而給出毫無說教意味的人生語錄（雨露？）——說教，無論是指導孩子和散文創作最難避免卻又最該防範的，因為說教具有的毀壞力太強，無效性太顯著，只會招來「眼神死」或速速翻過的下場，黃庭鈺謹慎的繞過路障，想來也是多次的鍛鍊，方能如此優雅和悠遊吧。她熟知學生聽不下道理，用《詩經》和個人生命故事與學生交換心事；重當學生的她「好像突然能夠明白我與學生各自有夢」；和學生Y的深入談話，讓讀者也進入了愛與懊悔的時空，目睹男女之間的暴力與糾葛；甚至為了理解青春少女心，去讀脫離現實且模式固定的總裁系列小說，如此耐心傾聽並給予理解，是我以為教育和文學最溫暖的價值，可能也是最素樸卻最能深入人心的關鍵，就像她憶及媽媽將糖粉、蛋液揉入麵團中所煎出的小甜餅那般，簡單樸實卻令人回味再三。

此外，我也對像庭鈺這樣一個高中國文老師的養成和專業有更多了解，包括正式教職爭奪戰之激烈實況，競爭者竟打電話來談判；看她如何備課並預先對孩子生動演練、深陷作文海因而細究作文和書寫之不同……同樣身為老師，我喜歡她這樣的率真坦承，遇到沒感覺的課文就老實招認，當學生上課看別科的書或睡覺，跟學生交心似吐出真心話：「沒關係真的。我比妳們更不愛上課，也想做自己想做的事，或者乾脆做一場夢。」放下教師的身段與姿態、恢復成女孩與學生的模樣，隨時掏出一顆活躍的「少女心」，著實令我欽佩。確實，當老師久了就容易日夜形塑出老師的模樣；或說像硬殼般的存在，成為新的皮膚和名字，雖然作者的外表衣著可能展現出「非典型國文老師」的樣子，但她仍不斷追問「我是誰」，試圖拼組出「自己的樣子」，像是卸除了所有妝容與讀者素面相對，甚連最柔軟的內裡皺褶都毫無防備的裸露出來——雖即她也對此進行了質疑、探查和追問——是我以為散文創作也是生命創作最動人之處。

最終一輯／一擊〈每個女子都是地上一顆星〉寫身體、寫記憶也寫與孩子的互動，尤其是幾篇文章對身體的追蹤、探照特別好看，寫手術、染髮、衰老肉身，文筆愈漸深細：〈瘤〉細寫手術切除太陽穴裡的瘤，以活潑的文字記錄手術過程中的浮想翻飛，旁觀他人痛苦的我彷若身歷其境，著迷窺探：「鋤頭往太陽穴裡反覆翻攪，潤潤潤潤，在雨後微濕的泥土裡，記憶中黃雨鞋踩進水窪的，叭噠叭噠。」將痛楚寫得充滿節奏和童趣，痛彷彿成了身體的即興演奏，加上她恐怖靈動的異想，兩者的反差形構了閱讀的樂趣；另一篇則寫衰老的女體，替老奶奶洗澡的過程看盡了「一組組垂落的乳，一組組衰頹的愛」，身處老衰肉林間時時映照著獸畜之身；那被拖打宰割的身不由己之身及其體腔，想來也是一則肉身預言／寓言，另一篇對照此身與彼身的則是〈水族街〉，隱晦的敘寫遭受家暴的女身，參照軸線則是從水族店取回的魚群，從他方水域輾轉跋涉至家屋，在家園想像的背後隱含著不同生態所產生的拒斥和適應，繼續延伸出被豢養、被窺看等值得追究推敲的議題。

〈女體〉的最後一段如此結尾：

然而很好，起碼手臂愈來愈強壯。強壯得可以帶著我的她走向任何一個我們都會快樂的地方，不守秩序，被趕到教室外，在烈陽下自己給自己頒發錦旗，腰桿子很挺。

上文的原先脈絡是形容替女體翻身雖辛苦但可鍛鍊手臂，而「不守秩序被趕到教室外」則穿插了另一個國小班導威脅孩子的故事，但這段引文所透顯的「女王陛下」之殺氣與霸氣，讓《時光走向女孩》除了理解之外，也多了自我解剖進而揭示自身所達致的深度，由是，「走在自己的路上」的黃庭鈺，回首（屬於每一個女孩）如潔白桐花飄落的昨日，迎向（屬於每一個女人）燦燦然的未來，讀者看見的是一個強壯的寫作者，用文字故事自己給自己頒發錦旗，腰桿子既軟，又挺。

推薦序

時光走向女孩，女人雕刻時光

許悔之（詩人．有鹿文化社長）

我做編輯出版這工作很多很多年了，認識了許多作家，也看到作家在不同時機出場的狀態。做為一位既投入又旁觀的編輯，有時我不免會揣想：一位作家，為什麼在某個時刻登場出書？像一位在大聯盟球場初登板的投手……

在這個世界，有許許多多的人都在寫作，甚至也發表若干作品，但要持之以恆、書寫不輟，最後結集出書，終究要看作家的毅力——他究竟有多愛書寫？書寫是他靈魂內在的一部分嗎？

結集出版，當然就是一個寫作者在空無之中，憑藉著創作，去抒發、去釐清、去辨識世界中的自己。因緣果熟之時，這樣的努力和投入，就會展現在他的第一本書中。

新竹女中國文教師黃庭鈺是我這幾年認識的新朋友之一，和她比較熟稔，是因為有鹿文化在編輯蔣勳老師《說文學之美：品味唐詩》、《說文學之美：感覺宋詞》雙書之時，得到了作家（也是建中國文教師）凌性傑和黃庭鈺的熱情幫助。他們兩位都曾在生命之中受到蔣勳老師著作的深刻鼓舞，所以在協助編輯之時，投入甚深。

之後，我看到庭鈺得到教育部文藝創作獎的一篇散文，很是喜歡，也受觸動，遂向她邀約出版第一本書。因為我在她這篇得獎的作品〈瘤〉之中，看到一種極細膩動人的女性感受和意識，我心想，如果發展下去，值得做為一種書寫類型的完成。

黃庭鈺是一位女性，是兩個孩子的母親，是一位在女子高中教書的國文老師，是一位熱愛文學熱愛寫作的老師；這麼多重的「女性角色和環境」，使得她的書寫足以代表某一種女性的時代「心靈岩層」。時光走向少女，其實是少女走向時光。少女長大了成為女人，然後在一所高中教許多許多少女國文，這樣的「身在其中」，使得她的書寫不知不覺有一條隱約的心靈連線，那麼觸動閱讀的人，從她的文字裡，去看到從女孩到女人之間靈光閃閃的美麗，以及現實之冰雪風霜。

同樣身為女性、母親和老師，知名作家李欣倫教授曾在為黃庭鈺的第一本書《時光走向女孩》作序之時，有以下這樣的以心讀心、以情讀情：「她仍不斷追問『我是誰』，試圖拼組出『自己的樣子』，像是卸除了所有妝容與讀者素面相對，甚連最柔軟的內裡皺褶都毫無防備的裸露出來——」說的正是，像黃庭鈺這樣的作家所代表的典型、意義和可能。

庭鈺要出版第一本書了，做為癡長她不少歲數的朋友，我的內心充滿欣悅！因為像她這樣大器晚成的作家，會使我想起王浩一，浩一累積了生命的見識和經驗，許久許久，然後在因緣果熟的一刻，像春天之筍冒出土來，長成一片翠竹！浩一出版第一本書的時候，並非在早慧的青年時期，但如今已卓然大家。我期待庭鈺出了第一本書之後，還會持續努力、不斷深入和翻新，然後有一天，也累積了更多美好的書寫，我充滿了如是祝福如是期待——庭鈺之書寫，就是女人生命史的繡織。

黃庭鈺的《時光走向女孩》其實是她勇敢的走入時光，雕刻時光，也有風雨也有晴，也有風雨也有情，足以鼓舞那些有志創作的朋友——且把時光冶煉成金！面爐多年無人知，好劍既成把示君。

目次

輯三 在太空中會感到孤獨嗎

輯四 星空和微風裡的事

輯五 每個女子都是地上一顆星

後記

輯一　我想對妳說說話

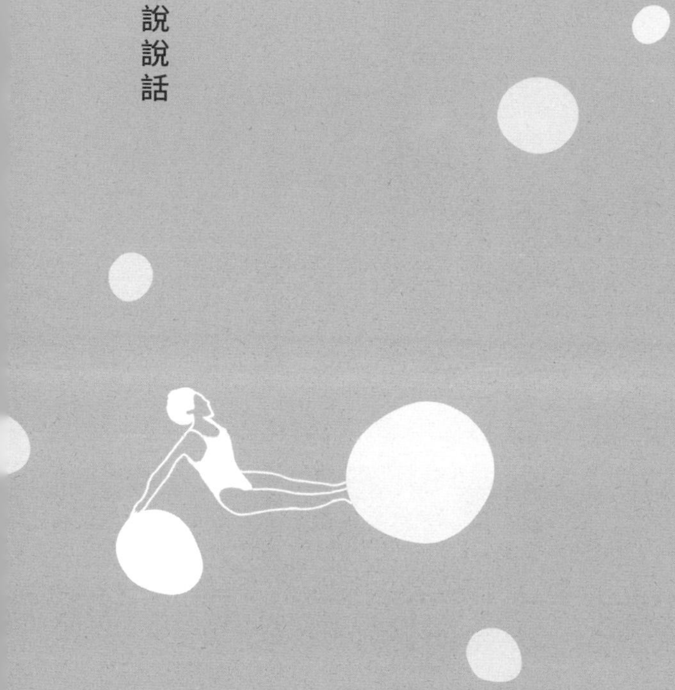

迷路以後

那是一張有心事的譜，像平常那樣眼神茫然、呼吸細細瑣瑣，
尚未啟唇就知道接下來是一曲哀傷的小調

「嗨！我們有點陌生，可是我想陪妳們走過這一年。」這樣的開場白可以嗎？

在暑輔第一堂，半路接手的高三國文課，我可以怎麼跟妳們說話？初次見面，請多指教，直接切入正課似乎不是個好主意。

我們相遇在這個尷尬的夏天，時間緊迫得不容我們多認識彼此什麼，比起在高一二課堂可以自在地揮霍，高三不是一個奢華的選擇。

看著課程進度是三周內，要教完《詩經．蓼莪》、《荀子．勸學》和《水滸傳．魯智深大鬧桃花村》，我在上課的前一天，毫無預兆地喉嚨發燙，昏沉欲睡，完全不想準備任何教材。炎炎溽夏，有一百個可以讓自己清涼的理由，就是不包含上課。

直到半夜，感覺有點良心不安，爬起來翻開課本，馬上就被催眠了，然後趕快闔上

課本，想著隔天上午有兩個班共滿滿四節課該怎麼辦。

我想像我是妳們，荒涼一整個七月，時差都沒調好，就被拎著去學校大門，著一身陌生近把個月的制服，行尸走肉地魚貫進入校園，一早就有兩堂國文課，不知道要花多少時間重新適應一個老師的上課風格，調適彼此之間的默契與步調，翻開〈蓼莪〉，實在很想睡。

我大概是一個不太入流的老師吧，實在是因為我曾經是那麼入流的學生。

當大家都知道要鼓勵妳們緊抓時間，努力衝刺考試的時候，我總說會的，會有不錯的學校念，難得青春，腳步要更輕。像是學齡前的孩子學不會認字，我總覺得誰長大不會認字，誰不會寫字，童年時光多可愛，應該要享受偶爾的發呆。所以好好地吃一頓飯吧；跟朋友專心聊個天；體育課游完泳，從泳池走回教室的途中，也感受一下涼風拂來的輕盈吧。

高三的日子太苦了，是以只消一些憑藉，都足以轉化成某種堅持、些許動力。我也曾經沉迷一部卡通叫《足球王》，我依然清晰地記住主角阿光的招牌倒掛金鉤，還有他在比賽中遇到瓶頸無法成功射進球門時，忽然領悟到「看準心中的球門」這個道理，從此每當他帶著這個信念闖向球門的路上，所有對手會瞬間成為一個個被擊倒的保齡球瓶，完全不敵阿光這一束熱烈的光，在閃過「看準心中的球門」念頭的一剎那，整個畫面就會安靜變黑，只剩遠處一個小小的亮點，愈來愈大愈來愈大，球門的形狀愈發清晰，最後成功射門，得分！此後，我課桌上那張透明墊的一角，多了一座球門，就這樣一直到聯考。

所以我應該鼓勵妳們「看準心中的球門」？隨著黑板上學測倒數數字愈來愈少，遠處一個小小的亮點，就會愈來愈大，球門的形狀愈發清晰，最後妳們會成功射門得分！眼裡只有目標的日子確實很單純，像是專心喜歡一個人，至於他會如何回應就不是我們所能強求的了。所以我也珍惜那個夏季，我與一位同學在停課後，從教室搬了兩副桌椅，揀了校園一處靜謐，就著難得的微風讀起書來，一身穿戴整齊的綠衣黑裙，胸臆裡滿是對理想大學的憧憬。空蕩蕩的廊道，只有我倆。義無反顧，就等那背水一戰。

然而此刻，在我心裡愈來愈清晰的不是那座球門，竟是一句「不知迷路為花開」，在嗟嘆李商隱那樣不自覺的迷情之外，想想，偶爾的迷路，何嘗不是難得糊塗、美麗的錯誤，誰說沿途的花只是個過客，有時花香比果實更值得回味。所以，我是不是仍然可以告訴妳們：會的，會有不錯的學校念，難得青春，腳步要更輕。

我記得妳們一個學姊。她是這樣帶著輕輕的腳步來到我面前，在多年前的那個午後。淨白的臉龐看不見少女的光采，那是一張有心事的譜，像平常那樣眼神茫然、呼吸細細瑣瑣，尚未啟唇就知道接下來是一曲哀傷的小調。

「老師，我最近讀不下書，一直在想一件事」，是吧像是為考試所苦。輕輕的腳步有著沉重的心事。請她拉張椅子挨著我身邊坐著，她方才坐下就低著頭撲簌簌淚點兒拋了。

「我只要想到書真的讀不完，就覺得學測沒希望了，學測沒考好我也沒心情考指考，大考沒考好不會有好大學，那我高中的書都白讀了，一想到這些，現在又更讀不下書了……」是一個可怕的循環，令人沮喪的想像。

「昨晚，我讀得好煩走到陽台。」「在妳家？」「對，我家在竹北，有很多高樓，老師妳知道吧？」想起竹北那些時尚得傲入天際的高樓林立，我有不好的聯想，一種身為老師與生俱來的警戒。

「爸爸媽媽都不在家，弟弟好煩，我也好煩，又不可能跟他說什麼……我從十六樓的陽台往下看，如果跳下去就不會這麼煩了。」果不其然，我凝視著她因不斷落淚而抽動的身子，想像她心裡空蕩蕩的那一塊，多麼蒼白。十六樓往下看去，是什麼樣的世界？車子來來去去，這個世界巨大得容不下她的一點挫敗與孤單，所有的車子都在往前行，那麼她腳步永遠就是落後的了。

書讀不完就落後了，愈落後學測就會考不好，學測沒考好也不會有心情考指考，指考都考不好就鐵定不會有好大學，沒有好大學那我這一輩子就完了……

一屆屆的學姊來來去去，我看見一些年輕影子裡曾經的自己。在人生的巨流裡，我們慢慢地會發現，生命的價值應該不至於簡單到一場考試就可以定終身。所謂的好與不好，也經常不是我們最初想像的那樣。這世界真是紛亂得可以，但總有一些美麗的事物值得我們去等待。然而，聽不下去的，大部分的妳們如我當年，不小心會把自己繃得太緊，經常陷自己於一種很險的狀態。大概我曾經在走鋼絲的過程中，搖搖欲墜，太專注於足下的那條線，眼中不再有其他，以為成功理應要壯士斷腕、六親不認。後來才知道，當世界只剩下唯一，生命就容易變得患得患失，一個風吹草動，都有摔落懸崖的可能。

那一夜，我還是準備了一點《詩經》裡的美麗詩篇，然後想跟妳們談談我那段「不知迷路為花開」看似荒唐，然而迷途中有喜悅的過去。

迷途中有喜悅，大抵是我對自己青春時的荒唐與執著的一些些領悟了。

在世界只剩下唯一，生命變得患得患失的那一段日子裡，我因為太在乎考試結果，大學聯考第一天早上起床全身僵硬發麻，當天考完已然虛脫，半夜跑去敲醫生的門請他打點滴。第二天父親在中場休息時打開母親熬的滴雞精，結果不慎灑了滿地，我心裡暗忖是考試一敗塗地的隱喻。最後一天吐了一地，暈眩中硬把答案卡塗完，我以為自己真的完了，開始很認真地在找重考班。不久，成績單寄來，確實考砸了，不是心中那個唯一，糊裡糊塗就著分數百無聊賴依著落點把自己的未來給遞了出去。

也就習慣了，沒有憧憬過的領域竟也讀得順手，然後在迷霧的路裡摸索，雖沒有直線抵達終點的暢快，卻多了些不經意的浪漫。是不是在迷路時發生的故事總有驚奇？記得《龍貓》裡小梅的迷路、《糖果屋》裡漢賽爾與葛麗特的迷路，還有妳們學過的柳暗花明又一村那個漁人在遇見桃花源前的迷路。很久以前，父親為我取的英文名字叫做愛麗絲。愛麗絲在夢裡迷路了，她問笑臉貓該往哪個方向走，牠詭異地笑著：「喔，妳一定會到達某個地方的，只要妳走得夠遠。」那麼曾經努力過後，這樣順著迷途走下去，走得夠遠就是了。

後來那位學姊呢？想從十六樓跳下去的那位學姊最後考得如何？我把她轉介給輔導室之後，依然不時地需要聆聽她無以名狀的恐慌。她終究還是上考場了，而且考得其實還不錯，雖不中，亦不遠矣。她回來告訴我，雖然最後選擇的不是她預設的那條路，但也就這樣適應了。十六樓到地面的距離實在太短，由衷欣慰她願意走得夠遠。而從她紅潤的靦腆裡，感覺轉個彎那樣的路很好。像是當年的我，慢慢地在迷航的路上找到一點隨緣的慰藉。

這樣的迷航彷彿帶有藥癮，我因而成為那種一直耽溺於迷航的人。在迷魂陣裡遊走著以為知道目標，實則沒有一定的方向，手邊攬了許多東西跟妳說話時腦子裡同時在運轉著其他事。誰知道，這樣的貪婪，會不會是在逃避只有一條路萬一坍塌了隨之而來的哀傷，所以此刻有點失落的時候，彼端總還有任務需要馬不停蹄地去專注。那麼，在「不知迷路為花開」之外我原欲衍生的隨順自適，就不是現下的我所能領悟的了。然而，我仍然相信不預設一些立場，就是努力去做，沿途開出的花香，總也有值得迷戀的時刻。所以，我還是想把這句話送給妳們。

未來的一年裡，在妳們迷路的時候，我不確定自己有沒有能力指點迷津，但願意盡我的洪荒之力，陪妳們霧裡看花去，而且，沒有保留。

寂靜，然而飽滿

是不是妳也在害怕，鋪天蓋地而來的靜默會闖進更多不堪的記憶，唯有填飽那過度冷卻的空間，才有溫暖的可能？

致即將升上高二的妳：

其實我也發現了。不說，是因為不知如何向妳說。

一個午餐結束，該是小憩放空的午休時間。妳忽然跑來找我，說妳覺得累了。我經常，也有一樣的感覺，對於自己對於妳。然而，因找不到解答或說是解脫的辦法，所以擱著不說。但我好幾次確實很想問妳：「這樣不累嗎？」

在課堂上，妳隨時興高采烈，像是與任課老師配合無間的樁腳，老師問問題的時候，妳永遠可以非常有興趣地高談闊論。或者發出共鳴很興奮地說「對！我也這樣覺得！」即使是反對意見「我不喜歡這個講法，好不乾脆！」也總讓人覺得有互動的歡喜。

我觀察妳下課時與同學的對話，經常手舞足蹈、唱作俱佳、生龍活虎，好，所有可以用來形容很有動感、很有朝氣、很能帶動氣氛的成語，都可以套在那樣的畫面。這樣的特質，該是班上的寶吧，典型的開心果。

但，事實不盡然。

也不至於令同學排斥，只是有時看妳一頭熱，不論是課堂上或下課十分鐘。幾乎是以燃盡蠟燭的氣力，在炒熱其實安靜也無妨的氛圍。不免心疼，很心疼。

安靜也無妨，是我在尋找答案的過程中，過渡性的解釋。

我在為自己找答案，為自己因經常在炒熱其實安靜也無妨的氛圍時，卻深感無窮盡的疲累，找一個可以安身立命的答案。

做為一個老師，說話，是一輩子的事。上課說，下課也必須說。跟同事八卦，是生活之必要。跟朋友聊天，是生活之必要。跟家人講話，是生活之必要。有時，畢業學姊回來找，更是炒熱氣氛之必要，問問大學生活有不有趣？修了哪些課？交男朋友了嗎？有沒有參加什麼社團？有打工有家教嗎？是非題問完，還請申述之，通常都要及時下評語給建議，比改作文還給力。最後，還硬是榨出過去她在高中時的青澀往事，搏得「老師！妳怎麼都還記得」的讚歎，接著彼此笑鬧一番。

曲終人散，往往，我已疲累得連一張破氣球都不是。鎮日與聲音為伍，泰半是自己製造出來的分貝。從來不是別人的問題，我知道。

中學時，我也在逃避天地間的寂靜。如果一個空間裡，有你有我而沒有對話，彷彿空氣也會停止流動，我們的關係就會窒息。

青春時的我必用聒噪來填滿這個空間，填滿每一次的對話，填滿你我眼神的每一個交會，以為呼吸就此活絡，關係也會很久。然而恢復自己一個人時，卻空虛且透支了，氧氣用完以後，只剩失魂的空殼。以為那就叫做一種快樂過後的惆悵感。像是期末同樂會或校慶或舞會或畢旅，high完之後，回到自己的房間，面對過分安靜的牆面，沒由來的惆悵和焦慮便全面襲擊而來。

就這樣，也長大了。

然後在妳身上，我才知道，自己其實一直在找答案。

那天妳告訴我，妳累了，以為交朋友大概就是要這樣，可是卻得不到以前在國中時的迴響。我看著妳疲乏下垂的眼瞼，嘴角也總算不再誇張地揚起，反而覺得這時候的妳才真正拆下面具，成為了妳自己。只是何以如此疲憊？沒有少女的朝氣。

妳低著頭說爸爸肝癌末期，不知道要不要去看他，因為他以前會打媽媽。妳說家裡經濟不好，以前和大伯父合資皮件工廠，倒債了，從兒時坐名車讀私校穿洋裝的日子到現在的處境，妳說最近聽了課堂的《紅樓夢》，很有感觸很能理解曹雪芹那種衰頹與無奈。妳還說媽媽很辛苦，一個人獨自扶養三個孩子，爸爸離婚後沒工作不給錢，喝酒壞了身體，叔叔那邊照顧這樣的病人累到一個極致，索性丟給媽媽來照顧了。身為長女的妳總想讓氣氛輕鬆，在發生了這些事之後。

我總算理解為何妳之前的一頭熱，經常讓我感覺有種快要燃盡蠟燭、艱險如走鋼絲的窘迫。

是不是妳也在害怕，鋪天蓋地而來的靜默會闖進更多不堪的記憶，唯有填飽那過度冷卻的空間，才有溫暖的可能？

我想我是比妳幸運許多，自己那些慘綠青春的哀傷，泰半是為賦新詞強說愁，荷爾蒙在騷動罷了，只是確實困惑著年少，萬事萬物都可以是傷感的源頭，然後成為慣性。長大後，當一些難以抗衡的外力進來了，悲傷就會無以復加。

是以，「這樣不累嗎？」我想問妳，更多時候也是在問自己。生命中有些合是未修完的功課，就會伴著自己，磨練著自己，並以各種不同的形態出現，直到洞察、放下為止，是嗎？所以我心疼妳的處境，未嘗不是在哀傷自己過於脹氣的過往。

然後也不是因為某本書閃過的警句，或有過說太多話而被打臉的經驗，抑或某位貴人的醍醐灌頂，都不是，就是歲月流過了，自己就回頭去看看到底發生什麼事。生命不就是這樣嗎？你以為會有戲劇化的當頭棒喝，其實也都只是時間的問題。

我不確定現在，是否已找到答案了，在安靜也無妨的時候，聽著同事交流的專業與八卦，不急著等值地貢獻或回饋什麼；可以只是凝視著朋友談笑的樣子，繼續吃一口義大利麵；不回答孩子放學後的吱吱喳喳，只是聽著笑著，偶爾被抱怨妳反應怎麼比恐龍還慢；還是會問畢業學姊那些問題，呼吸慢了一點，節奏拉長而已。

我常想，如果得意可以忘言，何須再多此一舉，耗費唇舌，說話啊好累，由衷這麼覺得。可是有時卻是想聽聽誰的聲音，彷彿透過聲音就可感覺對方的存在，而四周那些無謂的聲響，彷佛也在陪我走一段。電話的發明大抵就是這麼一回事吧，除了迅速之外，必定還有什麼是比書信比網路更真實、更令人心動的。

這麼一說，在赫拉巴爾（Bohumail Hrabal）《過於喧囂的孤獨》筆下那位鎮日與壓力機為伍的老人，即使在地下室過了三十多年的安靜歲月，唯一可以對話的是廢紙堆裡的詩集或者一些曾經尊貴但遭遺棄的書與畫，他腦子裡卻是滿滿的熱鬧、安分的吵。於是，外面的世界兀自擾嚷，壓力機過於喧囂，老人依然打包著廢紙，打包著日復一日的孤獨，孤獨中有飽滿。我們彷彿看見，有聲與無聲之間，渾然天成一種和諧的依存。

有聲與無聲之間，一種和諧的依存，原是渾然天成。是以妳的聲音可以是一條單行道，我可以偶爾是靜音零打擾。

寂靜也無妨。生命卻因而，有些許的飽滿。

請容許我，以此做為給妳升上高二的祝福。

小潮汐

啊，混濁的青春，喜歡與不喜歡，拒絕與接受之間，些微的界線像是雛鳥衝破蛋殼前的裂痕，都是一種必然

這樣的狀況，大概比較好發於中學時期吧，那時我想。

我沒有參與國中時的妳，但在妳成為小高一後，不必特地觀察，從妳偶爾的進來辦公室，就感覺到了。我可能請妳吃個點心，或送妳一本參考書，必然會得到妳那熱力十足的驚喜與感激，有種非得這麼做才能平衡彼時對流空氣的用力。非常用力。我感覺妳的用力快要把我淹沒了。

該怎麼去形容我的窒息？大概是一種不合時宜吧，這樣乾淨細緻的五官，理應是個美少女，卻喜歡用丑角似的張牙舞爪來詮釋自己的喜怒哀樂，一件輕輕的事，都可以用沸騰一百度的熱烈來回應，有時，我真的好想告訴妳，不用這樣誇張，大家也能感受得到妳啊！

這樣的我，是帶有主觀和執拗，好像覺得安安靜靜才是走氣質路線的妳該有的姿態，或者說，這時的我一廂情願地認為，必須是具備某種外在形象的人，才適合做出那樣跳躍的舉止。

我曾以為這叫做「不合時宜的小躁動」，還歸因是青春期荷爾蒙作祟，或解釋為年輕學子在自我辨識階段裡學著社會化的過程，學著即將成為一個大人的過程。像是一副還在摸索著如何長成大人樣子的軀體，那樣有點沒有成形，卻又有點用力裝得像樣的感覺。有時，我竟忘了自己也曾經這樣迷茫，就是急著想帶妳走過這座橋，忘了橋上的風景，可能也是成為一個稍微完整的人不能遺忘的拼圖。

在那個我也曾經用力生活的年代，被期許是走氣質路線的年代，我也帶著一副正在摸索著如何拼湊成大人樣子的軀體，用力地想成為一個像樣的人。

大概是國一吧，我會對著鏡子練習自己的微笑，想像雙唇如果更薄一點，是不是會更楚楚可憐？那陣子我微笑的時候，會故意咬住一半的下唇，製造令人憐愛的可能。或者右手直接操著剪刀，左手食指與中指撩起外層的瀏海，就往內層剪去，那樣年代的玉女不都是必備細細薄薄，可以在額前梳得乾乾淨淨的那種直瀏海嗎？結果我這束施禁不起一陣風，前面的細細薄薄被翻掀起來的時候，內層那又厚又齊的短瀏海紙包不住火，餡露得難看，同學的笑聲逼得我一夕之間成為諧星。

我便因此一路用盡氣力朝著成為一個像樣的丑角走去。憑著帶點顏色的笑話，也就在女孩們間吃開了。

又一次在課堂裡笑話成功引爆。當時我們都很敬愛的國文老師暫停課程，當場領我到走廊，說了一段長長的話，全班透過窗口好奇地往外看。回教室的我，心裡很沉重，同學紛紛猜測是因為我正逢祖父喪事，老師提醒我不宜笑鬧。

只有我心裡明白發生了什麼事。從那時候起，我又帶著一副正在摸索著如何長成大人樣子的軀體，尋尋覓覓下一個可以用力效仿的典範。

多年過去了，我不確定自己找到典範了沒有。但我依然記得老師在走廊上想要亡羊補牢的殷切，她覺得這樣乾淨細緻的五官，不宜用丑角似的張牙舞爪來詮釋自己的喜怒哀樂，我明明知道她是為我好，可是心裡卻有種「努力不被肯定」的哀傷。然而，在許多年以後，成為老師以後，我卻又複製了我敬愛的這位老師曾經對我的期許，放大去檢視我現下的學生。不合時宜的，終究還是我。

徬徨的不只有年少時，長大了有時也徬徨。赫曼赫塞（Hermann Hesse）的《徬徨少年時》安排德密安在給辛克萊的神祕紙條裡寫下：「鳥奮力衝破蛋殼。這顆蛋是這個世界。若想出生，就得摧毀一個世界。這隻鳥飛向上帝……」那麼在蛋殼裡的鳥，勢必要學會用各種氣力去啄破溫暖的繭，然後學飛。

衝撞的姿態，除了叛逆，有時就是跌跌撞撞，碎裂得不美，但無關能不能飛。是鳥，有羽翼，總得學會飛。時間的問題。

我多麼希望那年，我的老師可以在中斷課堂的選擇之外，找一個更安靜的時候，沒有同學往窗外看的時候，告訴我她的想法，就只是告訴，而不帶有壓抑和責備。可是依然感謝她願意告訴我，我們從來也沒有要求茫然的讚譽，那樣太虛假而且令人害怕。啊，混濁的青春，喜歡與不喜歡，拒絕與接受之間，些微的界線像是雛鳥衝破蛋殼前的裂痕，都是一種必然。

我們知道的，蛋殼外不經意的裂痕，不是假裝沒有、不去碰觸，就不會剝落了。總是要學飛，在飛行以前，請允許我用各種氣力去啄破自己的世界，用自己的氣力看見光。

慢慢地，我學會不去糾正妳，可能連提醒都不必，就是安靜欣賞妳的潮起潮落，可能那不叫不合時宜，也稱不上躁動，大抵是一個年輕生命在尋找自我的迷茫中，必須磕磕碰碰摸索出怎樣才能走得漂亮的歷程。

又像一潭海，浪花來來去去，可能深淵之下，是靜謐無比。那些偶然的浪起，是暫時的外顯罷了，還是會收回來的。我這樣相信著，浪肆無忌憚地打了出去，張牙舞爪攀著四周的沙與貝，都只是一時的，終究還是要退回海上，隱沒在一碧萬頃裡，然後我們看見，又是無風無雨了。

青春小潮汐如此。成人亦如是。於是，我慢慢學會欣賞妳或我在交際時的張牙舞爪，陷入哀傷時的喃喃，時而想要一個人獨處的靜默。潮起潮落，一輩子的功課。

喜歡的是妳

誰說女生不能愛女生，誰說愛的形式只能有一種。關於友誼或者愛，誰能讓你開心誰算數

嗨，分享一件事給妳：

放心，不追問妳們那天的吻，談談我的吧。

初吻是在國中，她是我老公，我是她第N個老婆，是第N「個」，不是「任」，而且N>10。

走廊上迎面過來，她可以左擁右簇，見了我再豪邁地正面啵一下，隨之而來緊緊的擁抱。

我也很喜歡她，到現在都還記得她深情凝視的眼神像鷹一樣銳利，還有在田徑場上的無往不利。很久以後，看了電影《鐵達尼號》，竟覺初次見到的李奧納多有種親切感，有一天我才想起，她長得很像李奧納多。

是不是在女校或者女生班，就會玩這個戲碼？妳沒有告訴我答案，後來才知道妳覺得那不是遊戲，妳現在就想玩真的。

那天，無意中看見妳們兩人在學校梯間擁吻，等一下就是國文課了，我經過妳們，那一剎那像是電影中的停格，我兀自低頭前行，妳們兀自沉浸著愛戀，我們是兩個平行世界各自存在。

之前換座位，我們按慣例以抽籤來決定一個月的左鄰右舍，妳與她的籤竟是一個世界的對角線，大概終於了解妳當場傷心地哭了起來的原因，妳們友好的程度是到這樣的地步了。

念高中時，我也著迷過一個女生，別班，簡單俐落的短髮，不高而且有點肉，可是就是覺得她笑起來很靦腆很酷，我甚至不知道她叫什麼名字。我喜歡在校園中的偶遇，一天都是開心。畢旅那幾天，很刻意地希望可以跟她不期而遇，來一張合照。從來也不曾想過什麼性別不性別的問題，就是欣賞、喜歡、愛慕，有時會臉紅，如果我看她而恰巧她也正在看我的話。

成為女校的老師後，也曾有個學姊，上課總是專注地對著我微笑，周記裡記錄著我的瀏海每隔一陣子就會分向不同邊，觀察到我牛仔褲後面口袋上總有心型織紋，她判斷：

「老師，妳是ET BOiTE的愛用者吧！」她喜歡在下課後貼在講桌旁，偎著同學的身子聽聽其他人拿著考卷問我問題。問完了，她黏著同學離開前，偶爾會回頭看我一眼，說：「老師，妳睫毛好長喔！」她的眼神一閃，有種回眸百媚的帥勁。畢業前，大概就聽聞，她跟一個女網友過從甚密。後來還合開了一家美式早餐店。

我的住家附近也有一家美式早餐店，我想像著如果店裡的那兩個女孩就是她與她，想像著她們一大早就在店裡扭開音響、賣力地備料。便是莫名的感動。

於是，我也就特別喜歡在清晨打電話給戴著鴨舌帽，藏有一頭超短髮的店員，「這是您預訂的牛肉堡，不加美乃滋」，有點沙啞的話筒，讓人感覺一天就是安穩。看著她們兩人在吧檯後的勤奮，那樣的情誼是如此可愛得令人覺得天地間任何可以真心以對的機會都值得去捍衛去珍惜。

有陣子，也許該說一直到現在，都覺得有著初萌感的少男系女孩，好讓人融化喔。所以每次來到熟悉的髮廊時，只要被安排給那位女孩服務，心裡就是滿滿的撒花小確幸。啊，誰說女生不能愛女生，誰說愛的形式只能有一種。關於友誼或者愛，誰能讓你開心誰算數。

如果西蒙波娃（Simone de Beauvoir）說：「女人不是天生的，而是後天造就的。」那麼些許男兒心，也不是女兒身可以蒙罩得住的。女生愛女生在妳們現下確實有些沉重，有時，就是連男生女生配，都有重重難關，不是那樣簡單。那麼現階段可以怎麼走？也許，就是記得自己的初心，好好生活，好好去愛。

不忘，保留一點變化的可能，如果情勢改變了，也給曾經的對方一個祝福吧。

背叛

無袖的細條紋湖水綠洋裝好漂亮，內襯是一襲蕾絲布，風吹的時候若隱若現，低調中有華麗。也是男人從韓國帶回來的嗎？

沒有人喜歡被背叛吧。

但如果是一個先行背叛的人，那他有沒有權利去表態自己也不希望被背叛？Y就驚慌於這樣的事，因為上述條件，Y說她都有。

一個從我任教中學畢業幾年的女孩Y告訴我這個故事。聽起來像是戲劇裡常有的情節，卻不知道為什麼，我感覺那天下午的空氣特別哀傷。

「如果沒有那一次我熱心牽線，所有一切就不會發生……」Y滔滔述說著心裡的愛恨嗔癡，看來傷得不輕。學生時代的Y，是那麼甜蜜可愛，高中畢業那個暑假她在一家泰式餐廳打工，我和家人去捧場，她很熱情地帶個好位置，請我們喝泰式奶茶，結帳時驚喜發現她算我員工價九折。

Y念完大學，先是訂了婚，因為遇到孤鸞年，男方長輩有所忌諱，所以婚事就延了，尚未宴客，都還沒到戶政事務所登記，嚴格來說，不算是法定的婚姻狀態，可是雙方都在親友的祝福下貸款了愛巢，早已進入小倆口生活。

是因為先生工作不順嗎？有其他女人了？性格使然？Y沒有交代太多，總之，訂婚半年後，先生不開心時就會打她，不然就是爆吼。

那這樣妳還要嫁給他，反正又還沒真正結婚，忍不住為Y義憤填膺起來。「雙方親友都知道都見過面，訂婚的事都講了，我也不想讓爸媽擔心。他不發脾氣的時候，其實對我還是很好。」總之生活也習慣了，也不確定若離開他，生活會不會過得更好？與其要面對一群人對於解除婚約的疑惑、八卦和擔憂，不如先這樣吧。我忽然感覺，是不是許多怨偶，也是抱持著這樣的信念，生命便在一種將就的狀態下悄然流逝。

感情的事經常如此絕對，當事人說了算，旁觀者再怎麼清，永遠都只是旁觀者。

Y算是早婚的了，如果訂婚也算結婚的話。因為在一起也久了，從高中時就戀愛的對象，然後一起在中部大學讀書，一起在外租房子，生活一直是一起，連在那家泰式餐廳打工也一起。難怪她早已習慣這樣的一個人。可是之前都沒有端倪嗎？是說先生的暴力傾向。她似乎不想再多說關於這個人的事，她來找我，是因為煩惱另一個男人的事。

Y在告訴我故事之前，就先說自己好像背叛了婚姻。選擇「背叛」這樣的批判字眼，她對自己是未審先判了。

男人是怎麼進入Y的世界？大抵是在工作上會有往來，一次邀請他來職訓的機緣，就這樣有了聯絡。她說以前大學時在周刊上就看過他寫給新鮮人的職涯建議，有時在大型會議裡關於財經啊投資啊的論壇中，也可以看見他。Y在回憶相識時光時，明顯帶著少女情懷似的雀躍。像是對偶像的崇拜或說孺慕之情，在年齡的差距上看起來是這樣沒錯。

Y秀了一下他主持一些會議的側拍，這男人已過不惑即將半百，有雙濃眉和稜線分明的下巴，有型得很。尤其每套西裝都搭配色系突出的領帶和領帶夾，不穿外套時，帶點絲質光澤的襯衫可以清楚看見反摺的袖口，捋得乾淨俐落，袖扣也是講究，確實流露出迷人的中年大叔的魅力。我終究沒對一個陷在熱戀中的女孩脫口說出「中年大叔」這四個字，倒是不免擔心她真的想清楚了嗎？

然而Y煩惱的，都不是這些，她想跟我說的，是她懷疑男人好像跟她的好友走得很近，而這一切好像是她牽的線，她懊悔至極。

這件事真是複雜，起碼在我腦中有很多問號，感覺都還沒看清楚端上來的菜色是什麼，就被餵了滿嘴食物，都還沒吃出味道，又被要求乾了一杯再說。所有東西就這樣吞了下去，打個嗝，升上來的是股混在一起的複雜滋味。

Y已無心解釋前面那些了，我才想起原來她臉書裡透露的那些文字的背後，是關於暴力、憂鬱、救贖、甜蜜、懷疑、嫉妒和悔恨。

想起有陣子她在臉書上寫著失落。那次我鼓勵性質地在下面留言，她接著快速傳來私訊，顯然想告訴我有關她的痛。以前她就是會在下課時，跑來講桌前問我：「老師，妳等下有課嗎？我陪妳走回（辦公室）去。」一路上，她就開始談起班上籌辦哪樣競賽時的各種狀況、社團選幹發生了哪些糾紛，有時是拿著她最近寫的詩給我看。Y很可愛的地方是，每談完話，她就會低頭喃喃作結，給自己打氣，我只消負責肯定她「很好，就先這樣做」。

她的私訊傳來：「老師，我有些事想聽聽妳的看法？可以跟妳約一個下午的時間嗎？」

「好啊，看是要哪一天，怎麼了嗎？」

大致敲定見面時間，她仍忍不住先在訊息裡傾吐一些關於婚姻的事，先生的脾氣，還有在生命困頓、事業低潮時，男人像是命中注定般及時出現，然後她告訴我，貼這一篇文是因為她感覺這一場美麗的錯誤就要結束了，她心情好複雜好懊悔，怎麼會糊塗到介紹男人給好友S認識。

我一時不清楚到底發生什麼事，可是她的情緒在網路的彼端異常激動，一行一行文字不間斷地送出，每個字眼都帶有千萬分的懊惱和自責，不像是以前那個有著甜甜微笑的Y了。

想想，也真的好一陣子沒見她在臉書上秀出青春的自拍照，記得她大學時曾在朋友哥哥的婚紗工作室兼差當麻豆，很喜歡看她披著婚紗的樣子，彷彿幸福都是真的。訂婚之後，也還是可以看見她分享又去哪裡玩了，張口對著美食打卡，嘟嘴作勢親吻的閃照也令人覺得可愛。

可是近半年，Y很少放上照片，貼文都短短的，淨是悲傷。原來，有些事悄悄地在進行，有時我們並不知道風平浪靜的唇瓣裡，齒與齒正在天人交戰。

那個下午，我們約在高鐵站，算準列車到站的時間，我在車站大廳南下出口處等Y，手扶梯下來，她都還沒走出驗票閘門，見我便很自然地快速揮手，眉毛上揚有亭翼然。即使沒有臉書的交流，我應該還是會認得出Y就是多年前那個學生時代的Y，一樣靈秀的瞳孔，淡淡的粉色眼影裡勾勒著細緻眼線，些許摻有亮粉的氣墊粉餅營造出光感膚質，水潤紅唇，不是正紅，但很顯色。我忍不住在說了聲嗨之後，就無厘頭地問：「哪一家的唇膏？好好看。」Y笑著說就是他去韓國出差時幫她帶回來的。

Y一雙紮實細瘦的手臂輕輕地攬著我，無袖的細條紋湖水綠洋裝好漂亮，內襯是一襲蕾絲布，風吹的時候若隱若現，低調中有華麗。也是男人從韓國帶回來的嗎？我只是想著，並沒有說出口，但覺韓式彩妝真適合她，不禁以為洋裝也是正韓貨。Y有點羞赧地吐吐舌頭：「老師，真不好意思讓妳跑來這邊等我，等下我請妳吃飯呦！」

走出高鐵站外，一陣風用力吹來，我發現Y瀏海覆蓋下的左額竟有道粗糙的疤，蚯蚓般突起，看起來就是沒有悉心使用美容膠帶，不然就是天生蟹足腫。這原不是什麼大不了的事，只是，這麼愛漂亮的Y，以前是那種長了痘痘，就必定會敷上一個小圓痘痘貼以防痘疤的女孩，怎會沒注意這種事呢？

我們進去一間有餐食的茶館，服務生帶向一處兩人對坐的位置，座位兩旁已各坐了一組面對面用餐的上班族，看來就是中午外出等下還要回公司去，Y下意識地暫停腳步，露出有點猶豫的表情。我感覺她不想要這個位置，便直接向服務生示意另一邊僻靜的角落，都是四人座，看在已經一點多了，應也不會有太多客人來用餐，服務生就同意我們坐下了。

在點的餐食和飲料都送來後，確定服務生不會再來打擾，我劈頭便問有什麼事要告訴我，即便在訊息裡Y已透露了許多。

Y也乾脆，「好多事想跟老師說，我知道老師妳不會勸退我吧！」都這麼說了，我也只能點點頭。事實上，感情的事沒人說得準，我又不是專家，也只能聽聽，頂多說說自己的看法吧。她撥弄了一下遮住眼睫的瀏海，又露出那道疤，追問之下竟打開潘朵拉的盒子，沒有撲簌簌的淚水，然而為什麼被先生盛怒之下用開瓶器這麼一砸，她的敘述可以沒有太多悲傷，我都不住瞇著眼感覺痛，彷彿那個瞬間砸過來接住開瓶器的就是自己的額頭。她的敘述真的沒有太多悲傷，因為對她來說，更巨大的傷心還在後面。

走在同樣專業領域的道路上，有個前輩在前方岔口指引著，省去很多猶豫和賭注，原本美事一樁。只是私領域也跟著踏進來了，一個分居中的人，和一個勉強待在訂婚狀態下的人，彼此取暖裡便蘊含著擦槍走火的可能。接著，又加進了S。

Y滑起手機，秀出S的照片。完全與Y不同類型，這個女孩，看起來很媚，我的第一直覺。應該是植了假睫毛的關係，所以一扇大眼，畫上眼線，就是很媚。

S在大學畢業後，一鼓作氣繼續念研究所，進入職場就比Y慢了兩年。即使不在同一公司但領域相仿，彼此間的話題自然也很有交集，尤其Y好想回去讀讀書喔，太早進入婚姻，對一個想飛的人來說，有時也是一種耗損吧。

一次S苦惱著公司交代的職訓業務和講師聯繫事宜，Y便阿莎力地把男人的名片遞給她。此刻，Y陷入無限的懊惱中，托著腮幫子，臉頰都扭曲了。

「我看見他們在餐桌上互相敬酒的殷勤，在會議中有凝視的眼神，還有在臉書上彼此留言的頻繁，我懊悔自己熱心牽線，介紹他們認識。」Y接著又試圖懸崖勒馬地說：「我知道他本來就不屬於我，他有他交友的權利，我不能有太多占有欲。」

可是，愛非常獨占。羅蘭巴特說。

我靜靜地聽，覺得最折磨的也許是一個人內心小劇場裡的那些拉扯。何以愛總有令人窒息的時候，該怎麼說、該怎麼做，終究沒有一個圓滿的標準。

擔心自己被男人看見那所謂幼稚的嫉妒，Y總也勉強自己表現成熟點。尤其男人喜歡誇讚她很獨立，彼此有自由的空間很好，兩情若是久長時，又豈在朝朝暮暮。只是，她不由得懷疑自己就是男人久長日子裡，偶爾的慰藉罷了。

「老師，妳覺得這樣算不算自私？是不是玩玩而已，我可能只是他眾多裡的一個嗎？」

我沉吟了一會兒，不知如何回應這假設性的問題。

Y又繼續說了：「上次在整骨盆的時候，大家有聊到射手座就是這樣的個性……」

「整什麼骨盆？」我只聽說，產後婦女有屁股變大的會去推拿師那裡調整骨盆，畢竟有了孕期間弛緩素的刺激，骨盆韌帶總得擴張以供給胎兒一床寬闊，然而有些人一輩子骨盆就這樣寬闊了。

「老師，妳用不上啦，還是那麼瘦，妳都不知道我們整骨的小房間裡，我看過很多媽媽的屁屁，天啊，我都不敢生小孩了！」「那妳幹嘛去？」「我骨盆不正啊！」我只聽過脊椎不正，骨盆不正是因為坐姿不良嗎？還是天生如此？都扯開話題了，女孩要告訴我的，是大家眼中的射手座。

「有次在候診，不知道誰就聊起星座和戀愛。講到射手座時，我覺得超準。」「怎麼個準法？」我倒還滿有興趣的，Y忘了吧，坐在她對面的老師就是射手座的。

「射手座即使有了伴侶還是喜歡有很多知己，他們會說清楚講明白表示自己愛自由，沒有要定下來的意思，不像摩羯座埋在心裡，曖昧不明拿捏不定。」Y說：「他就是標準的射手座。」

我整個思緒其實還在漂流，想像女體一字排開躺在診療床上，任由推拿師用力搓揉那陀膚色，有種人體壽司的腥羶及肉欲。Y忽然又抛下一個震撼彈，把我拉了回來。她說，最近她也正陪著S在看婚紗和喜餅。

「什麼？所以說，其實S早有論及婚嫁的男朋友？那她跟男人的事搞不好是妳誤會了啊！」我彷彿是個原本對案情陷入膠著的兩光偵探，倏地抓到一個可喜的線索，就急著伸出食指斷言兇手就是……。Y顯然不認同，眼神穿過我，望著我身後一片窗。剛才那幾組對坐吃飯的上班族都陸續離開了，茶館裡只剩我們。想想我這樣的推論，確實也太粗糙了。

「我覺得S就是喜歡有很多人圍在她身邊，從以前就這樣，她也射手座。」Y的口氣不算是在奚落S，只覺她在懊悔明明知道這個人就是這樣，怎麼自己又總是喜歡自動跳入這個陷阱裡。眼神裡盡是自責。

常人總勸道要活在當下，那是因為我們經常懊悔過去，嚮往未來。可是人們在情緒來的時候，往往就是在當下了，所謂的瞻前顧後都不存在。尤其在感情受挫這個節骨眼，我們反而容易陷在當下的泥淖，跳不出來。

「然後她還可以一副自己本來就跟他很熟的樣子，反過來告訴我有關他的近況，那明明是我牽的線！」在Y的心裡有一種邏輯——「物有本末，事有終始」，那是以前高三國文課還有〈大學〉這門課程的事，那時的Y很喜歡問《四書》裡一則一則的深義，不是她喜歡這些學問，而是讀不透。

世間有許多事，也許一輩子都參不透。眾相紛雜，很難一以貫之。「物有本末，事有終始」下面一句是「知所先後，則近道矣」，我問Y「妳覺得她不夠尊重妳嗎？」「對啊，我不能理解那種不知先後的人，至少我就不會這樣。」

至少我就不會這樣。換我沉默了，一直在思考Y講的最後這一句話。此時，Y手機上的Line叮咚響起，她順勢滑著手機，我腦中瞬間組織起一道公式，想著，等下來跟她一起練習。人們都習慣質問「你怎麼可以……」，「你不應該……」，或者「……這樣太不公平了」。

這些質問的背後，衍生出的情緒也許是「你怎麼可以這樣對我，我對你那麼好」，「你不應該這麼做，我都不會那樣」，還有「為什麼你可以，我就不可以，這世界太不公平了」。我們是不是可以來進行這樣的駁斥，「不管合不合理，他都有權利可以那樣」，「他應不應該怎樣，不是由我來決定」，最無奈的是「這世界本來就不公平」。

Y皺了一下眉頭，說好難。我也覺得要認清一些事實，真的太殘酷。

時間差不多了，Y果真和學生時代一樣，自己就喃喃地做了一些結論。

「是不是要給男人多一點自由和呼吸，感情才會更自在更長久？」也許不只是兩性關係，人與人的相處也是如此吧。

張愛玲在遇見年紀大她許多的胡蘭成時，好像也是這樣低低的姿態，並說：「遇見你我變得很低很低，一直低到塵埃裡去，但我的心是歡喜的。並且在那裡開出一朵花來。」

Y也很低，但不卑微，Y盡可能地在學習一種自主的平衡。

「我還有很多夢想，我想念書想進修，我想持續自己原來應該要前進的腳步……」是啊，不必然得繞著他公轉，妳可以是一個自足的星球。Y低頭若有所思。「我還是很怕失去他，但那樣的害怕也會嚇走他吧，好像也只能選擇順其自然了。」妳還可以選擇把心裡的擔心說出來，只有一方在屈就，關係終究會失衡。

「啊，老師，給妳看一個東西！」Y忽然想到什麼，從包包裡拿出一本行事曆，斜面布織紋的淡粉封套，一朵低調的蝴蝶結，翻動時輕閃著隱微亮片，就像她那雅緻的妝感。翻到最後一頁，是個塑膠夾鏈袋，她小心翼翼地從裡面取出這張籤：

有心作福莫遲疑，求名清吉正當時，此事必能成會合，財寶自然喜相隨

Y說這是年初在廟裡抽到的上上籤，在擲茭請示神明時，就是詢問這一段緣，得到三個聖筊，於是有了這樣的詩籤。

「老師，妳覺得這是上天給我的特許嗎？」Y已不談S的事了，究其根柢，會不會是

她對自己情感的不確定，所以很多足以摧毀這段關係的外力，就可能被視為是一個威脅。

Y撥了一下瀏海，那道疤，讓我又心痛起她忍受粗暴的那些日子。想起人們經常認定要維繫一紙婚事的執著，不禁感嘆世間的情愛何以如此錯綜複雜，外人所難以斷定的對與錯，大概只有自己明白自己在做什麼，對於Y的處境，心疼也覺得辛苦。

Y告訴我這樣一段故事的時候，情感才剛開始。此刻，我把它放在結局來寫了。偶爾想及詩籤說的「此事必能成會合」，想及摩羯座的Y有種沉靜而內斂的氣質，像是在黑暗中也能摸索出一條生路那樣的沉著，我便不願用「背叛」來定義她，只想由衷地祝福她的人生。

愛，不因為誰

有時我們以為的年少不見得輕狂，桃花並非輕薄逐水流，而是水的流向充滿挑戰，值得去闖

因為愛，所以沒有理由，何處、何時、為何、如何等等，都屬多餘。只因為我愛，如此而已……

——羅曼・羅蘭（Romain Rolland）《皮耶與盧斯》

一系列的口袋書置放在教室講桌也有一個多月了，是學生用班費買的，說是供眾人娛樂用，幾次在國文課堂上慫恿我翻翻看，還指引哪裡可以買到這些書，網路上也可下載。看著書名，我與台下目光交會，彼此流露促狹的笑。

我笑現在的青春，真是天真無，邪。然而不知女孩們各自笑的是什麼？是想像老師在等車時可能專注著《總裁你好壞》？抑或買晚餐之餘還不忘《霸愛總

裁》？也可能是在掏撈包包裡的細軟時，一本《總裁上鉤》就這樣眾目睽睽掉了出來？在安親班前等待小朋友下課，被瞧見手裡捏著《總裁我不嫁你》？還是又因違停被警察開單時，搖下車窗發現這位駕駛腿上堂而皇之一本《副董的蠻橫情人》？想起最近在課堂播的片子，小姐們笑鬧著遊大觀園的劉姥姥，笑貌如此多義，卻又有味。我依然不知女孩們各自笑的是什麼？

後來，還是把這些書帶回來了，也真的煞有其事地跑去書店再添購幾本，就著搭乘捷運或高鐵的空檔，躲躲藏藏地讀了起來，是不是害怕這樣的年紀讀這樣青春的書，會被誤會怎麼還在少女情懷？還是潛意識裡也承認這不只是言情小說，會被認為在閱讀情色吧？如果是林妹妹知道也就罷了，怕世俗的眼光都是寶釵，不夠勇敢的我，也只能小心翼翼、掩人耳目了。

愛情本應無法歸類，這些故事卻彷彿都在同一個棚子裡上演，有著固定的幕後團隊，照表操課舞弄一個個人偶，每個人偶都是一齣戲。

於是，男主角總是外型英挺冷峻，濃眉下的眼神都很殺，臉部線條乾淨俐落，都會有一副厚實胸膛，和火力十足的吻。三十出頭就是跨國企業總裁，不然便是年紀輕輕就繼承龐大家產，財力雄厚得驚人，必備私人飛機和專屬機場，可以興致一來早上立刻飛去東京吃頓早餐，包下一整座小島盡情度假一個月，寶馬撞壞幾台都不心疼，古董花瓶摔壞也沒關係，如果女孩需要隨時都可以奉送法拉利、藍寶堅尼，或者一條價值千萬的項鍊。

總裁們都非常霸氣，動不動就爆吼「我要妳愛上我」、「妳給我好好養病」、「下禮拜就嫁給我」、「我不允許妳離開」、「乖乖吃飯，這是命令」，對於其他競爭的狩獵者絕對會宣示主權、捍衛地盤，於是「誰都不准動我的女人」、「我想要的東西一定要到手」就必然是盛怒之下殺氣騰騰的誓言。

然後，你以為男人頑劣如此，堅強如此，一輩子反骨。故事往往就反差地安排這些總裁，時不時要望著窗口輕喟一聲，哀傷的瞳孔盡是受困的氣味，偶爾的嘴角牽動或眼眶有淚，抑或冒雨拯救路邊小貓咪，女主角都會不小心撞見，接著翻掀起無限的母愛，不住伸手撫摸這頭受了傷、用蠻橫掩飾寂寞的獸。

至於女主角們，經常都得是平凡安分的上班族、衰事一籮筐的糊塗女、個性開朗近乎傻氣的鄰家女孩，稱不上國色天香卻總是討喜可人，氣質空靈得令人覺得氧氣充足也不過如此。相較於那豔光四射、與總裁門當戶對的豪門千金，女主角通常都有顆善良的心，真誠的愛，不帶有利益交換或者任何虛榮。面對總裁的霸愛，她們經常要受寵若驚地問一句：「為什麼是我？」

當然，也有富家女和公子哥的豪華情節，妝點整個愛情的無疑是那夢幻的泳池、豪宅和名車。只不過家族聯姻的企圖或者某種事業的陰謀，會讓愛變得不簡單。無論如何，總是糊裡糊塗糾葛一場，愛得辛苦烏龍誤會很多，最後還是有情人終成眷屬，公主與王子終究會過著幸福快樂的日子。

總裁系列背後，可以延伸出關於女權、物化、沙文或者灰姑娘情結、麻雀變鳳凰等頗為深入的議題，但，這都不是我所感興趣的。

我想知道的是，在這樣題材的石子擲入女孩的心湖後，青春年少會泛起怎樣的漣漪？於我而言，閱讀總裁，像是一種傷逝青春的憑藉，因為故事讀來有趣，卻沒有太多悸動。然而，在我也是花樣年華時，真的迷戀故事裡的安排嗎？會心動嗎，對於千篇一律的霸愛？已經忘了自己會怎麼想，那個年代畢竟有點遙遠。

於是，我把疑惑帶到幾個任課班級裡，企圖追憶自己的青春，並得到一些證明與答案。高一女孩，無疑是青春正豔的一群，十六歲的年紀，燦爛無瑕，最是迷人。那麼，她們會怎麼想？

「不會喜歡男生這樣，太自以為了！」

「很天真夢幻，只有以前國中國小時會感動吧，現在知道那只是故事。」

「不過還是會好奇地看到結局。」

「是不是總裁或野不野蠻，都不是重點，重要的是真心。」

「還是會受影響而憧憬愛情吧，只是不會迷戀故事，當做看戲囉。」

跳出故事去享受情節且不耽溺，大抵是我聽到的心聲。甚而有後設視角，站在高處看自己或直接去演繹情節。

「也會想像自己在看小說時，樣子看起來是不是很害羞。」

「看多了，後來只要翻了幾頁，腦中就開始預言接下來肯定會發生什麼事。」

「有時看完故事，不自覺地就想幫主角們的後半生安排續集。」

少數幾位表示相信故事，那樣的眼神帶著迷濛的甜味。

「會希望自己就是那樣的真誠、溫柔，值得被愛。」

「生活步調不自覺地放輕了，看去的世界都很柔軟。」

女孩們笑鬧著、討論著，熱烈如盛開的桃花，我才深深覺得，有時我們以為的年少不見得輕狂，桃花並非輕薄逐水流，而是水的流向充滿挑戰，值得去闖。

這一代的青春，比我想像的勇敢許多，享受而不耽溺，憧憬而且虔誠。我們曾一起讀過歐陽脩的詞，「漸行漸遠漸無書，水闊魚沉何處問？」怕是「離愁漸遠漸無窮，迢迢不斷是春水」，女孩說感傷不過如此。我問：如果感情注定會結束，妳還會跨出這一步去愛嗎？她們之中有許多都是毫不猶豫地點點頭。既然「人生自是有情癡」，那麼就癡得純粹，愛得無悔吧！

是以愛，不因為誰。而是一種嚮往。無關風月，也就無所謂青春的專利。

她們給了我很棒的答案。我毋須為了「不再悸動」而感到哀傷。一直很喜歡赫曼赫塞在《堤契諾之歌．山隘》裡這樣一段話：

如今，我不再如癡如醉，也不再想將遠方的美麗及自己的快樂和所愛的人分享。我的心不再是春天；我的心，已是夏天……

我比當年首次邂逅時更優雅、更內斂、更深刻，更洗練，也更心存感激。……

因為學會了看，從此世界變美了。世界變美了。我孤獨，但不為寂寞所苦，我別無所求。

此刻我亦如是想。

成為你自己

成年禮其實也是送給父母的儀式，一種必然得意識到孩子即將成年的儀式，是父母應該學習放手的儀式

我是這樣一次又一次地感受你即將成為你自己所帶給我的喜悅與哀傷。然後，才會忽忽想起，有一點陽光和清風，我們一起撿樹葉的那一個下午。

好像也只有在孩子很小很小的時候，一些細微的記憶都容易成為永恆。我大概就會一直記得自己請育嬰假的那一年半載，兩隻小小孩，每日早上被我放至汽座綁好，開車上路後按照我的意志繞，偶爾紅燈停下往後座探望，發現小小孩一致地朝中間往前座的擋風玻璃看，那樣迷惑的表情，大概就是還不太會表達意見，然而對世界好奇的一種單純吧。即使是無意義地繞路，路上那些花花綠綠的招牌與行人，也會是一日裡豐富的景色。午睡過後有些陽光，我牽著一隻，推車裡裝載另一隻，走在社區前的綠園步道上，一些飄落下來的葉子，和隨地生長的小花，都足以成為讓我們快樂的理由。

孩子開始知道表達自己的意志，是瞬間的事。

那是有點喜悅和哀傷可是卻說不上來的感覺，有時也經常為之氣結。尤其是孩子堅持己見，最後爛攤子又必須只有大人出面才能解決的時候。

我並不知道，我的孩子進入青春期之後，會帶來怎樣的風暴。然而，成為你自己，是多麼令人欣喜而期待的事。

我也不確定如果屆時送給孩子一本里爾克（Rainer Maria Rilke）《給青年詩人的信》，他會不會喜歡？我多麼喜歡里爾克在第九封信裡對卡卜斯說了：「就連你的懷疑也可以成為一種好的特性，若你好好『培養』它。它必須成為明智的，它必須成為批判。」

可以明智地懷疑與批判，可以自在地表達自己的意志，可以有能力成為你自己，而且是漸次成熟的自己。多麼令人欣喜而期待。

我無法確切地衡量，學校教育是否有這樣的學習機會。然而，在高中任教十多年，對我來說校園裡舉辦的活動，有意義的似乎沒有多少。所謂意義，大抵自由心證，如果正負能量加加減減，互相抵銷所帶來的正面效果所剩無幾，我經常就會覺得，為此整個校園人仰馬翻是怎麼回事。

整個高中生涯，也許有幾場自由參加的講座或參訪，必要的畢業典禮，其他大致都可以不用了。不必非得以團體或班際之名。

然而，會讓我想去觀望，或者會讓我在心裡記住這樣的時間點的，大概就是很多高中學校都會為學生舉辦的「成年禮」了。在這樣的時刻，可以透過禮堂內禮堂外，那每一張家長的面孔裡，一次又一次地去感受去揣摩那些伴著學生成長的親人所謂的複雜的心情。

是因為我也有孩子的關係嗎？而且早早意識到終有一天，我將看著他們成為他自己以後必然會有的喜悅與哀傷，是這樣嗎？

在我還沒有孩子以前，知道「成年禮」對一個即將滿十八歲的高中生來說，就像是畢業典禮一樣有意義。更多一點，是沒有十八禁，有多一點光明正大的理由行使自由意志的可能（雖然很多人早就跨越所謂的禁忌）。

有了孩子以後，才慢慢地感受到，成年禮其實也是送給父母的儀式，一種必然得意識到孩子即將成年的儀式，是父母應該學習放手的儀式。

我們從來沒有否認幾乎在所有父母的心目中，小孩大概永遠都是小孩，一輩子就是一種牽掛在心頭。親子、血緣這樣的關係本來就不會因為成不成年而斷絕。長大後的孩子能親暱地偎著父母、體貼父母是多麼令人期待，然而，總得自然而然。

我害怕看見那種，把孩子的思想、行動捏在手裡，不肯放手，動不動就要哀嘆「長大了，就不聽話了」的那種大人；也害怕聽見「這樣是為你好，別怪我沒告訴你，以後你就會知道了」本意是關愛其實更像脅迫的話語；更害怕那種孩子都已成家，還硬是虛釋出自己的病痛或孤單或權威來索求孩子關愛的大人，要每天電話要經常探望或要住在一起，孩子所有的習性不要變不然就感嘆孩子長大了不一樣了，孩子所組成的家庭要按照大人的期待走，他需要被膜拜、需要被尊崇、需要永遠被放在第一位，所謂情緒的勒索。成年禮，應當辦給這樣的大人。

大概有幾年我兼任的行政工作與這位家長重疊了。有時只是第八節的講座拖延了放學，有時孩子晚上留下來跟班級一起練舞超過約定時間，有時是孩子假日與同學約好到校製作個什麼道具，這位媽媽就要焦急地興師問罪，一丁點讓孩子逃逸到校外的機會都不會給。

所以辦公室裡只要誰接起電話，接話的人無聲，對方話筒劈頭就嘰哩呱啦，接話的人最後交代放學時間，掛上電話後，我們就會說某某的媽媽又打電話來了哦。一方面感嘆這樣的媽媽要管控孩子行蹤到什麼時候，一方面大概也有點竊喜還好接電話的人不是自己。

這也許不是單純控制欲強不強烈或者有沒有安全感的問題了，可能後面牽連的是一些悲傷的故事。當這些都超乎我們能力所及的時候，通常為師者只能給予關心、鼓勵和打氣。如果可以，校園是不是能夠有一些機會，讓孩子知道這個世界還有很多不同的大人的樣子。

然後，孩子，我們衷心期望你擁有自由意志。即便扎西拉姆．多多在《喃喃》裡說了這樣的事實：「無論你多麼安靜地只做你自己，仍然有人按他們的期望要求你；無論你多麼勇敢地敞開自己，仍然有人寧願虛釋出一個他喜歡看到的你。」成為你自己以後，別忘了你仍有自由意志，去懷疑去批判這些期望、這些要求和那樣的虛釋，「就連你的懷疑也可以成為一種好的特性」，「懷疑」不是為了攻訐或者傷害他人，而是在自我辯證的過程中，確認自己的樣子，也能夠尊重別人的樣子，慢慢地去成為你想要成為的大人。

而我祝福你，生命中真的出現這麼一位，你想要成為的那種大人。

一點點甜

曾有陣子，我極愛吃喜餅，以為那叫幸福的味道。後來才發現所謂幸福，也不過是麵粉、糖、奶油一堆碳水化合物

在我所任教的校園裡，「七公斤魔咒」成為青春女孩口耳相傳，一種世代的咒語。學姊總要這樣告誡學妹，凡一踏入這個校門直至畢業，平均體重會增加七公斤哪。所以天經地義，要小心飲食。

是因為在女校，飲食可以毫無節制？大大小小活動後不論安慰或者慶祝，必定要有甜飲青春作伴好歡笑？還是苦悶的讀書歲月裡，無論如何來點味覺的犒賞，是必要的道德？也可能荷爾蒙作祟，嬰兒肥是青春的特權？發胖理由沒有極限。

有時看著女孩下課後攤在走廊長椅上，狀似發呆，一尊睡佛，彷彿世事都動搖不了她。猝不及防一出口對話竟是：「中午你想吃什麼？」、「社課飲料要訂什麼？」、「晚上我們要吃什麼？」青春真是最佳的吃貨，女孩膩在一起就是脫離不了吃。

伴著吃喝，女孩們的發胖也真的甜蜜，眼睜睜青春臉龐的稜角漸次消失了，耳鬢與頸項一線天，狀似某些幼犬，煞是可愛，令人忍不住想捏一把那肥軟的頸下肉。比較哀怨的是，必須經常穿著體育褲，因為裙子裡的大腿已經腫得吻在一起，每走一步都是黏膩。

不得不先自首，可能為師的我，也是女孩身上七公斤的加害者，桌上那罐子裡無限量供應的甜點，是千分之一的罪惡吧。

就是貪戀著女孩們掏撈罐子時的小雀躍，彷彿可以複製自己在柑仔店細細斟酌該買什麼好的那一段童年。

記得一種帶有肉桂味約略答案卡三分之二大小的糖紙片，一疊可能也才五塊錢，卻飽足感滿分，嚼起來頗有吃檳榔的氣魄；還有紅到不行的橄欖片，滿嘴的嫣紅色素更有長大後使壞的快感；可以佯裝大人的，還有香菸形狀的細條口香糖，在假裝吞雲吐霧的手勢裡自以為很帥，最後還可以勉強吹出泡泡來；也記得，被我們發現包裝一角只要有某種圖案保證打開裡面會印著「再來一包」的綠色鹽酥餅，那陣子柑仔店老闆的臉也好綠。

童年啊，就是喜歡坐在教室後的大樹下，跟同學交換課堂外的小雀躍。那樣一隻手緊捏著糖漿色素和不知名的化學元素，一隻腳跳著格子跳著輕快的步伐，嘴裡填充著喜悅。

曾有陣子，我極愛吃喜餅，以為那叫幸福的味道。後來才發現所謂幸福，也不過是麵粉、糖、奶油一堆碳水化合物。精緻或者粗獷，下了肚出了肚都一樣。情感也是如此吧，令人回味的經常都是入口的剎那，不足就貪，吃多便膩，拿捏剛好的，也要接受肚裡肚外不那麼夢幻的真相。

長成一個女子後，隨時要在有肉無肉間斟酌斤兩，要錙銖必較那沒有規矩無法無天的刁蠻肥嫩，卻又想要保住正確位置的飽實蜜肉，挪挪移移，經常都得跟生錯地方的脂肪搏命奮戰。

甜食遂成為一種惡。

青春也許無妨，吃多了，消化好，一下子就雨過天晴。年歲漸長，代謝更迭得慢，胃脹腹痛便邪靈般趨之不散。情感不順如便祕如腹瀉，硬要對抗，就是一臉辣紅或滄桑，只是我老學不會吃少吃清淡。

據說飲食習性會限制味覺發展，味蕾的敏銳也會因之笨拙衰退。甜蜜，彷彿在不自覺中荒廢很久了。於是午後昏沉之時，當同事們吆喝訂購手搖杯，糖和冰都黃金比例，我卻像隻不合群的狼，總是意興闌珊。偶爾為了湊外送杯數，我救火隊般地加入反而火上加油，比方點個木瓜牛乳熱的，黑糖珍奶不加糖，金桔檸檬也來個原汁原味。搞得訂購的人尷尬，販售的人狐疑。索性喝白開水。

午後昏沉之時的記憶，遂如白開水那樣簡素。簡素久了偶爾也想念甜蜜。記起兒時，母親會揉著麵團，裹上蛋液、砂糖，魔法般在瓦斯爐上煎成幾片甜餅，就著光影昏沉沒有點燈的客廳，母女倆各自無聲地吃了起來。

有時便忽然地想嘗嘗那餅皮的滋味，想踮起腳尖掏撈童年的小雀躍，如此便感覺到，一點點簡單一點點滿足一點點甜。

王先生的音樂課

如果愛一個人卻不能夠說出來，很是折騰；那麼恨也要如此隱晦，何嘗不是一種折磨

二十幾年過去了，我依然覺得王先生的麻糬是世界上上蓋好食的麻糬。

他說：「進前恁有一个學姊想欲死，伊就敲電話給我，我講慢且，我拿一个物件給妳。」王先生說，學姊吃了他給的麻糬後，驚歎一聲那是世界上最好吃的麻糬，「伊就不想欲死啊。」

我們跟王先生拿取麻糬時，必得虔誠地魚貫而入，在教室門口捏起一顆後要恭敬地九十度，喊一聲：「多謝王先生！」然後迅即將手中麻糬塞入嘴裡，絲毫粉末都不准掉。任何一個細節也不能顛倒遺漏，否則下次的麻糬食事就失格了。

而從那時候開始，我們也就真的相信王先生的麻糬是世界上上蓋好食的麻糬。

在那個家政課、軍訓課甚至公民課都經常被調動拿來上主科的高中時代，王先生的

音樂課卻是紮紮實實，從來不容造次。像是他的鼻子永遠充滿熱情，紅得紮實。他給我們吃的麻糬，芝麻花生餡料也是紮實得令這些多數不想上音樂課的女孩們，感到大大的滿足。

王先生的音樂教室經常暗沉沉的，布置就是紅與黑，不知道為什麼總給我一種德式酒窖的感覺。是因為他的平台鋼琴上經常擺著一瓶高濃度洋酒嗎？還是他的體態、歲數和微醺，看上去就像是bistro裡會出現的那種頑固老漢？大概，也可能和他堅持我們用德語練唱有關。

於是，要記憶德語詞彙裡那些公的母的中性的差別，還有字母上面有兩個點點時，舌頭和唇齒互動間令人不習慣的發音，都使拙於樂理的人更有害怕音樂課的藉口。那次，我因為發懶不願意學，轉頭與同學聊天，當場被王先生叫起來用力碎念：「查某囝仔遮爾愛講話，毋是款，不好好讀冊日後無出脫……」我大概被罰站了半節課，他的氣憤難耐也足足有半節課。

那些強迫式的與聯考無關的學習和規矩，其實足以成為升學日子裡令人抗拒的理由。然而，我們終究沒有抗拒，因為每一顆麻糬都是那樣軟膩而有韌性。

可是那天，沒有麻糬可以吃。

王先生沒有在門口迎接我們，我們已經習慣魚貫而入，教室裡比平時還要暗沉，平台鋼琴上沒有酒，只有一支空酒瓶。裡頭一朵紅玫瑰。

王先生的背影如此哀傷凝肅。他面對著牆上一幅，貝多芬遺像。

我們是不敢出聲的。查某囝仔袂當遮爾愛講話。

小小的狐疑騷動周旋在女孩們的眼神裡。我們都站定了，沒有跟王先生行過禮，也不敢坐下。空氣不是安靜的，有淺淺的音樂，那是貝多芬的《命運交響曲》。

王先生終於嘆了一口氣，他用背影告訴我們：「恁知影今仔日是啥物日子否？」他還是沒有轉過身，繼續說：「今仔日是杯斗粉的忌日。」

杯斗粉，是我用來記憶貝多芬德語發音的密碼。就像樹滿，是舒曼；爸河，是巴哈；樹啵，是舒伯特。

然後，王先生直接就對杯斗粉的遺像深深地、深深地鞠躬了，我們彷彿感應到他的暗示，收起狐疑與不解，也認真地一鞠躬。王先生接著又兩個鞠躬，像是對國父遺像行三鞠躬禮那樣，我們也就糊裡糊塗地再跟著鞠了兩次躬。

「二百多年前，這位世界上偉大的音樂家出世了。」王先生終於轉身，他的鼻頭很紅。平台上那枝紅玫瑰所安身的酒瓶裡的酒，大概又是他剛才喝光的吧。

他雙手舞動，恍若指揮著《命運交響曲》。我們很難因為哪個音樂家的忌日而感到些許波動，與其說他在指揮一群情感過於薄弱的女孩，不如說是因為我們從沒人像他那樣經歷過莫大的傷痛。

「恁甘知影伊出世的哭聲是按怎？」我這才發現那朵紅玫瑰上方有一盞投射燈，像是舞台劇裡的鎂光燈那樣鎖定我們的目光。

「伊出世的哭聲，就是哇（so）哇（so）哇（so）哇（mi），哇（fa）哇（fa）哇（fa）哇（re）。」襯著背景音樂《命運交響曲》，王先生還是好鎮定地揮動雙手，可是我們台下這些查某囡仔已經忍俊不住憋得快要不支了。

所幸，那天之後還是經常有麻糬可以吃。王先生依然習慣碎念、糾正那些發錯音不夠認真的學習。更常的是，他會忽然就罵起母母黨，說母母黨怎麼抓走他的父親，怎麼讓他失去完整的家，怎麼讓他們從此陷入悽惶不安。一個段落接著一個段落起起伏伏，帶著杯斗粉《命運交響曲》的過分激動。

而且從來都是台語講述。「王先生」三個字是他要求的稱謂，必然台語發音。一直覺得那些聽不太懂台語的同學有點可憐，我雖然懂王先生的話，可是依然不清楚母母黨是什麼，一度以為那大概等同於義大利黑手黨之類，但為什麼跟母親有關？

我當然不敢舉手發問。有次偷偷抬起頭來，瞥見正在講毋毋黨怎樣怎樣的王先生紅的不只是鼻頭，而是整張漲紅了的臉，和眼。

很久以後，我才知道毋毋黨應該是某某黨，也才知道他在二二八失去他的父親，失去他的快樂。如果愛一個人卻不能夠說出來，很是折騰；那麼恨也要如此隱晦，何嘗不是一種折磨。

命運，大概就是這樣吧。在軟弱裡，帶點韌性，有時就是必須跟那些無可抗拒的哀傷凝肅糾纏著，正義什麼時候會降臨不太確定，但可以確定的是有些傷痛會一直陳年地存在著，不因正義的來臨與否而有所折抵。

不過，生活裡也有些可愛的事吧。像是那些芝麻花生餡的甜膩，像是當年我們這些女孩在王先生課堂裡對麻糬的崇敬。還有被罵了半節課，下次見面還是很雀躍地對他喊聲：「王先生勢早！」

「恁毋通磕袂著就想欲死，有一工若想袂開，就敲電話給王先生。」王先生留給我們的那支電話號碼，物換星移，早已不復存在。可是，不知怎的，在某些時候某些特別的日子裡，我還是會想起王先生那世界上上蓋好食的麻糬。

輯二　當我成為一名教師

我要當老師

我忽然感到不寒而慄，年輕時的俠氣終歸到底是怕事。我最不擅長的是拿錢做事，最痛恨那些互換條件踐踏了一番情意的交易

1

千禧年，《麻辣鮮師》這部校園偶像劇很夯，在那之前由日本漫畫改編的《麻辣教師GTO》風靡一時，讓「教師」這個好像只能跟古板、正經畫上等號的行業，忽然之間麻辣了起來。

天知道，戲劇裡的教師好像都不用備課、沒有教學進度壓力、沒有一堆制式表格要填，大概也不會有教學倦怠，身手還要很矯健或者眼神要夠殺，幫學生跟黑道喬事時，完全不是那個抱著課本走進教室的文弱書生了。站在即將要發生格鬥的廢棄工廠裡，背後透著夕陽，地面拉出長長的影子，令人覺得酷斃了那股懾服群眾的力量。

對於當時即將要踏入教師行業的我來說，電視裡那個站在教育部前面，篤定而爽利

地大聲呼喊：「我要當老師！」的麻辣鮮師形象，就這樣戲劇性地植入我的幼小心靈了。

我是如此熱血那個年少輕狂的時代。

而我也是幸運的，實習一年後，不曾流浪、不曾代課，還能在正式錄取的幾所學校之間做選擇。接著，「得天下英才而教育之」的教學生涯就在所謂的公立明星高中展開了。

那年我大概報名了十幾所中部學校的教甄，通過一半學校的初試，進入複試後，我被錄取的機率也是一半一半。在僧多粥少的競爭下，二分之一的機率大抵值得一賭。

當時甚囂塵上一直聽說必得背地裡打通一些管道，才有可能當上正式教師。而我的許多同學在畢業初即知道要把握最後一年代課抵實習的機會，一部分關乎薪水，一部分是代課經驗確實比實習要更實戰，將來考教甄才更有利啊。

我卻執拗地想實習，想追隨師父（實習指導老師）習得武林密技。更執拗的是，抗拒且不願相信為什麼要當老師，得如此旁門左道，如此費事卑微，那些一定要給錢一定要來個關說的種種傳聞。

年輕時大概都會帶著一股俠氣吧。而我喜歡那樣的自己。至少一份工作來得理直氣壯。

實習要進入尾聲的五月時，就開始有學校陸續釋放出教師缺額了。一只皮箱四處征戰，彷彿成了那個時代想要當老師的人的共同記憶。

皮箱裡，滿滿的各家版本六冊教科書，還有標誌著我是誰，曾有過怎樣的豐功偉業的一本本資料夾。從沒想過，認識一個人其實這麼簡單，一只皮箱就已足夠。

到處埋頭筆試，除了手殘之外，倒也沒什麼副作用。真正難堪的，往往是面試時忽然蹦出來像是在考驗EQ的難題，或者在試教台子上被密切注視，彷彿一次又一次地開膛剖肚。於是那些其實安分得很的五臟六腑，必得接受不斷地翻攪檢視，大聲證明自己頭好壯壯，耐操又好用。

2

「妳這麼年輕，罩得住這些高中生嗎？」

「如果學生愛上妳，妳要怎麼處理？」

「妳高中教學經歷只有實習一年嗎？實習時就只帶過高一？」

「妳研究所念的又不是中文，高中國文妳教得來嗎？」

「我們學生的外文程度多半比中文好，必要時可能要用英文來作解釋。所以，請問杜牧這一句『停車坐愛楓林晚』，妳要怎麼跟學生說明『坐愛』這兩個字？」

「可不可以告訴我，妳的實習學校今年開了這麼多缺，他們都不要妳了，妳覺得我們會要妳嗎？」

要成為一名教師，好像年輕或者資淺就是一種原罪。只是，萬丈高樓平地起，如果每個教職缺都要攔截蓋到一半的大樓，那麼一磚一瓦正要起步的樓房誰來居住？有時不免覺得，其實新的建材、新的格局、新的設計，住起來搞不好更人體工學吧。（許久以後，聽說某所學校反而喜歡錄取新手，原因是比較好調教，那麼，年輕或者資淺似乎又成為遏阻一棟特色建築生成的幫兇了……）

不過年輕熱血如我，當時是如此認真地接納這些問題。

我這麼年輕，罩得住學生嗎？（老師必得要有鎮壓學生的本事嗎？我雖沒有期待師生關係像是朋友勾肩搭背，那不像我，卻也從未想過要成為一把罩的老師，那更不像我……）我一派天真、熱血沸騰地表示會多跟前輩請教班級經營的方法，希望毋須用權威來震懾學生，而是用原則讓學生信服。後來，從學生的作文裡發現，我其實具有電眼殺手的天賦。

「一次上課前班上吵翻天，吵到風紀開始管秩序，但已爆走的班上一時還沉靜不下來，突然聽到高跟鞋聲愈來愈近，大家瞬間鴉雀無聲，一齊看向前門，門把轉動，門被打開，出現一張『溫和』的眼神和微笑，同學立刻端正坐好，這就是我們的班導，身形嬌小卻帶著十足的魄力。」班導我給他的評語是：「中肯！」

如果學生愛上我呢？（這樣一來，愛屋及烏，學起國文不就更起勁？高中時我也愛過物理老師，連他習慣性不斷擤鼻涕的樣子都帥到令人也想跟著擤鼻涕，然後社會組的我物理竟也學得不錯！）我回答：「如果能因此鼓舞他們的學習，也是我所樂見的。但其中的分際，做為老師還是要拿捏清楚……」那些關於分際，所謂的中庸，好像在成長過程中，無可避免地會被一直提點著。做人真辛苦，經常要帶著一把尺拿捏揣測，失了一點分寸都會是遺憾。

我不是中文所，可是我來應徵高中教職了。大抵是初生之犢不畏虎吧，我以為只要有熱情，願意學，不會有問題的。我依然一派天真、熱血沸騰地表示會多學多問多參加專業研習，且相信「教學能力」與「研究能力」不一定成正比。把自己徹頭徹尾推銷了一次，那些什麼結合教育素養、國文專業、輔導理念和行政經驗的話都用罄了。

然而，我的實習學校都不要我了，「妳覺得我們會要妳嗎？」問話的老師低眉下一抹上揚的嘴角，眼神有些挑戰。

這問題令人感傷的程度，不亞於被分手了，下個對象還要質疑你有值得被愛的條件嗎？好不容易從棄婦的哀怨洞穴爬出來，還要去回想怎麼搞的掉進那個洞裡，真是折騰。凝住一下呼吸，我依然微笑回應，在四百多位應試的各路高手中，能被錄取必是優秀且資深。最後，擠出一點曙光似的結語，說自己盡力了，即使只有備一，雖敗猶榮。

後來呢，這所學校錄取了我。報到後，提問的老師見了我，露出俐落明朗的笑容。

噢對，關於杜牧那句「停車坐愛楓林晚」，要怎麼對一群英文程度比中文好的學生解釋「坐愛」這個詞？

我對著台下，慢條斯理地吐出：「嗯，這個『坐』，是because，不是make。」

3

我還遇過一位談判家，在A校面試結束回家的當下，就接到談判家的電話（她怎會有我電話？），話筒一端信誓旦旦地說這場考試她男友會錄取這唯一的缺額（她怎知道男友會錄取？），說我應該是備一（她怎知道我會是備一？）。談判家要跟我談個條件，說她男友在外縣市已擔任正式教師多年，他會參加考試只是想轉換跑道而已，而她跟我一樣都是初出茅蘆，正在尋找第一份工作的人。前幾天B校放榜，我已錄取唯一的缺額，而她正好是備一。只要我放棄B校，她就會請她男友放棄A校，顯然她覺得我們的共識是A校比B校更令人嚮往。她最後補充一句：價錢要多少，可以談。

我忽然感到不寒而慄，年輕時的俠氣終歸到底是怕事。我最不擅長的是拿錢做事，最痛恨那些互換條件踐踏了一番情意的交易。

我告訴她，沒關係，我不強求進A校，B校我也很喜歡。恭喜她男友，正要祝福她繼續加油時，電話已經嘟嘟嘟掛斷了。

世事變幻如雲，沒人說得準下一秒雲將飄向何方。當我心裡已經認定第一份工作就要在B校時。A校放榜了。

而正取是我，備取是那一位男友。

4

探聽複試名單裡每個應試者的背景和來歷，這樣的事從來不是我的專長。年輕時的我像江湖上的獨行俠，只管閉門造車，從不去打聽武林裡的高手是何方神聖，自然也不甚了解自己面對的戰友有多強大。

但這不代表我不會被打聽。

有時我害怕這樣的事，如同身家調查一樣抽絲剝繭。如果是在複試前，要應試的學校向我原來任教的地方打聽我的樣子，也是可以理解，畢竟還沒交往就要相處一輩子，好像有點風險。

可是，如果同樣身為應試者，對方在戰戰兢兢準備教甄之餘，還會花心思探聽戰友的來歷，就讓人有種被窺透的害怕。

婚後要轉換到另一座城市，我必須打掉重練，選了那邊釋放缺額的學校報考。彼時，我已不是那個剛出道的我了，頂著剛好的年紀和剛好的學經歷，信心自不在話下。從前剛實習完，要與一群已有資歷的老師競爭同一個位置的處境，就在幾年之內洗牌互換了。

當同行應試者私下早已沸沸揚揚探聽出我的來歷，且心生畏懼地相信某所學校開出的兩個缺額，其實只剩下一個了。我仍處在渾然不知的狀態。

我確實被錄取了，在二百多位應試報考的人裡頭。我想我是幸運的，尤其「被探聽」這樣令人毛毛的事，往往是在事過境遷後，才傳入我耳中。

而我慢慢學會，有時就該不思不想吧。標靶在遠方，我的心就應該在遠方。

5

在這十幾所學校征戰的過程裡，泰半是父母陪著我奔波。

穿著襯衫和裙子，一雙高跟鞋，拉著皮箱，還要預防脫妝。有時過午，總需有人打理餐點和茶水。當初我因為要回鄉，選擇不在教育實習單位所屬的指導縣市裡實習，於是也就沒機會和同窗們並肩作戰。陪伴我的就是父母了。

我的父母經常得忍受我總是拖到最後一刻才準備好要出發，或者睡了一個午覺忽然發現通過初試，當天下午就要複試了。然後，騎著機車或開車一路闖紅燈趕赴考場的事，也就一再上演。

我在考場裡，母親在考場外。我常想，她也不是個愛看書的人，那樣一兩科筆試或面試就要耗掉半天時光，不知道她都在校園的哪個角落做哪些事？有時我走出考場，遠遠會看見她望著前方花草，喝著保溫瓶裡的茶。而她見我走來，總是趕緊收拾收拾，露出很精神的微笑對我說：「剛剛看妳走進去的樣子最漂亮最有自信。」

燠熱的暑氣逼人，遙遠的聯考過去了。想不到出社會後，還要這樣一家考過一家學校，榜單裡榜單外，都是對每一個「我要當老師」的人的磨練。

一次父親要載我去考場，母親在門口送行，不忘遞上一顆偌大的水蜜桃，吩咐我說冰涼涼的又有甜分，可以補充體力。那天，我進了考場，忘了吃水蜜桃；父親在校園裡等待，也忘了取出水蜜桃。等我們回到車上，包在塑膠袋裡的水蜜桃早已蒸熟，「糟了，媽媽會罵人吧！」我有點忐忑，但真的沒胃口了。一路上我累得假寐，偶然睜開眼，卻發現父親一邊開車，一邊默默地吃掉那顆熟爛了的水蜜桃。

曾在一家私校報到後又因錄取另一個學校的教職，原本已經在暑期間去這所私校上了幾堂課的我決定要離開了。帶去幾盒水蜜桃，低著頭一一向辦公室裡的老師和行政處室道別及道歉時，沒有幾個人給予祝賀，背後還冷冷傳來一聲：「穿一條牛仔褲，也可以去公立學校教書喔。」

我始終沒有落下淚水。只想趕快回家告訴父母，他們前一天流得滿身大汗幫我張羅的那些水蜜桃，大家都很喜歡都很祝福我。

父親的情書

人生第一本日記，是十歲那年父親買給我的；第一枝鋼筆，是進了大學時父親為我準備的，說是寶劍贈英雄，此後的我竟是一路與紙與筆為伍了

準備和學生探討兩首樂府詩——〈長干行〉（妾髮初覆額）、〈飲馬長城窟行〉（青青河畔草），這是關於愛與遠行的詩。我習慣為每次的課程訂一個概括的主題，接著進行課程的這一兩周，為了讓學生浸潤在這個主題的氛圍裡，各種千奇百怪可能達成這個意圖的教材，就會無所不用其極地神出鬼沒在每一次課堂裡。

所以，要談這兩首有點傷心的情詩，怎可不貢獻一下我珍藏的陳年情書呢？其中幾封字跡瀟灑、文情並茂的學長的情書，就理所當然是我每每在進行這個主題時，必定要宣讀的戲碼了。

然而，一次拉開那收藏所有書信的抽屜時，恍惚間，伴隨一封封書信而來的前塵往

事，竟以蒙太奇的姿態，一幕幕地在腦海中跳接，最後還迅速歸檔為一個個資料夾，家書、情書、同學的信、朋友的信、學生的信、持續七年「張老師」的信、持續十年筆友的信，還有那些寫好但尚未寄出的信……，規規矩矩地幾乎讓我想看哪一齣，只消開啟那個資料夾，回憶就可以完整上映。

摩娑著筆墨滲進來的溫度，我喜歡這些有寄件者氣味的信紙，更懷念從信箱收到信件時那種紮實的喜悅。

開始學會寫信寄信，是在小學三年級時，父親赴美進修一年，我用文字遙寄對他的思念。記憶中父親的兩次遠行，另一次是在我國中時他赴美考察一個月。之後就換我遠行，北上念書，然後出嫁。歲月荏苒，我所殘存的家書，只剩幾年前從母親床頭餅乾鐵盒子裡搜括來的少數幾封了。

其一是在我國一那年，父親從美國寄來的信。

庭鈺吾女：

妳是長女，也是爸爸心目中的乖女兒，更是二位妹妹學習的好榜樣。也因此，每次爸爸遠行不在，就有一股強烈的思念，想把這份親情寄給親愛的女兒——妳。因為妳較大，也漸漸懂事，更慢慢體諒爸爸的心情了，不是嗎？

爸爸不在，妳的功課，缺少了一份關心，也增加了一份壓力，尤其妳榮譽感重，怕讓爸失望，自然會有患得患失的不安感覺，這對妳的學習過程，未嘗不是一件憾事。因此，爸希望妳，首先拋開心情，不要把得失看得太重，平心靜氣的應付妳的功課。其次，在妳國教起步的關鍵時候，這應是一個讓妳有獨立思考的大好機會。別忘了，學問是一條永無止境的路，在這條求學的路程，難免要摔跤的，但摔倒了，要有爬起來的勇氣，那才是最重要的信念。

爸來美已經近二十天了，當妳接到信時，爸的行程又要開始倒數計時了。人生，難免有聚散，多一次聚散，反而多給我們一份冷靜思考和相思的機會，正是得失都在一念之間，妳說是嗎？

妳又長高了一點沒？天氣漸涼，早晚別忘了加件衣服，也請妳轉告二位妹妹，爸爸也想念她們，好嗎？祝　身體健康，學業進步。

爸爸　於美國北卡

其二是我北上念書時，大二那年，父親從家鄉台中寄來的信。

親愛的女兒：

難為妳把大學生活規畫得這麼緊湊，是有太多的理想？還是對自己能力的挑戰？

忙碌的日子，總是過得特別快，雖然累了點，但妳終會發現汗水不會白流。爸爸最近的新工作，就有時間不夠支配的感覺，至少和以前悠閒的日子比較，好似天壤之別。忙碌經營，除了追求心中一份理想，也是在保護自己的一絲尊嚴吧！

妳忙碌的大學生活，就快接近一半，感覺如何？但願妳覺得還滿意，至少我們都相當安心。或許妳會因那不如想像的羅曼蒂克情節，而感到悵然若失，但畢竟人生是漫長的，追求的層面也相當廣泛，不斷的追求和成長會使妳內心更踏實、完美，而更有意義，不是嗎？請多珍重。

爸

喜歡展信重讀，那些遠距文字裡有「上言加餐食，下言長相憶」的溫柔敦厚之至，那些記憶裡有行至車站迎接我回家恍若「相迎不道遠，直至長風沙」風雨無阻的赤誠。中學時難解的事太多，父親為我一題一題地解答，在我為著挫敗哭哭啼啼時，他便細說起何謂老二哲學，陪我面對自己面對黑夜，甚而坐進補習班一起聽課一起對抗生冷的數字。

人生第一本日記，是十歲那年父親買給我的；第一枝鋼筆，是進了大學時父親為我準備的，說是寶劍贈英雄，此後的我竟是一路與紙與筆為伍了。

離家之後，在生活在工作上偶有委屈，電話那頭一句安安靜靜的「伊憑什麼這樣對待妳？」總能燙平我心裡的波濤，我因而明白沒有人有資格可以貶損我的存在，除非我也認同我的不存在。當日常不免又遇上烏雲密布時，他傳來的一句「日子苦，那是在走上坡；日子如果輕鬆，那妳的人生就要走下坡了」，忽然就有了撥雲見日的療效。父親從來都是話少，甚少主動表達細膩，然而在踉蹌的成長腳步裡，有風有雨時，幸賴有父親能商討，於是他那可靠的肩頭成為我對男人的期望。

都說科技時代那些紙本終將被淘汰，但覺有些情味還是真實的字裡行間好。還有，如果你見過我父親瀟灑的字跡，肯定也會同意那完全不亞於學長的情書啊。

吾師

似乎我們骨子裡想追求但卻步不前的理想或抱負，有時真非得以酷刑逼出能量，逼出狗急跳牆，逼出像災難來臨一肩就扛起冰箱跑的那種爆發力

我喜歡為學生進行〈左忠毅公逸事〉這個課程，一方面是太有哏了；舉凡魏閹和流賊的荒唐殘暴、楊漣及左光斗的慘烈犧牲，還有中國古代酷刑的細節，均足以令人摩拳擦掌。甚且還可大大方方地假左公之名，來個「奮臂以指撥眥，目光如炬」，對著台下大罵「庸奴！此何地也，而汝來前……」最後順勢抓起粉筆，彷彿用盡此生最後氣力咆哮著「不速去，無俟姦人構陷，吾今即撲殺汝！」不必故作投擲勢直接拋出粉筆，併同一個箭步用高跟鞋將之碾個粉身碎骨，若恰逢鐘聲響起，還可就此揚長而去，徒留等下要打掃講台的學生一臉愕然，望著黏滯地上的粉筆屍骨，暗罵「吾師肺肝，皆鐵石所鑄造也！」

日前從同事蔡公身上又習得讓此橋段更為出神入化的精髓，他親自示範了「破口大

罵版」及「氣若游絲版」。破口大罵是他的本性，演起來絲毫不費吹灰之力；然令人深感迴腸盪氣的，是那氣若游絲的「庸奴……」，聲聲呼喚均可想見殘弱的深喉嚨嘶吼出滿腔的忠肝義膽和護生心切。

是日回到家，我立馬對著家中兩個孩子演練起無數次的氣若游絲庸奴版，為的就是下次課堂裡的淋漓盡致、完美呈現。兩個孩子起初也學我鬼吼個幾聲，後來覺得無趣就各自玩彈珠去了，只有我還在那裡「不速去，無俟姦人構陷，吾今即撲殺汝……」

面對悲慘史事，我的心腸似乎真是鐵打的了，身不陷當世，總難體會那樣的痛。說到底，許多課程裡的忠孝節義，諸如文天祥的〈正氣歌并序〉、諸葛亮的〈出師表〉、丘遲的〈與陳伯之書〉，若不藉由一些當代意義來演繹，不用說學生能不能穿越時空領略箇中精神，恐怕連我自己又要興起強烈的分別心，一心一意淨想匆匆結束文字。

喜歡談左公這一課，一個更大的原因，是有感於字裡行間流露出的篤厚師生情誼，那「解貂覆生」、「呈卷，即面署第一」的識才愛才，還有「吾師肺肝，皆鐵石所鑄造也」、「吾上恐負朝廷，下恐愧於吾師」的痛徹心扉和極高的自我期許。

那總讓我想起大學時代至今的一位老師。

記得老師經常在看完我的稿子後，就叫我從五樓跳下去，或是一句「妳以前那麼優秀，怎麼現在都生鏽了！」在我工作多年自詡為默默耕耘不求名利像是一張白紙尚未掉入教育的大染缸時，他會倏地目光如炬，奮臂指著我怒曰：「什麼白紙？是交白卷！畢業到現在的成就是零分！」

想起十幾年前，擔任老師的教學助理，假日也在加班，下工後老師帶我回家，連忙吩咐師母煮一碗蚵仔粥。師母在廚房忙碌的背影、瓷碗中鮮美飽滿的蚵仔、綿密入味的米粒和湯汁……我還記得氤氳霧氣中老師催促著我趁熱吃的微笑。

我時不時在慌張之中犯一些錯誤，通常也不太會有那次氤氳霧氣中和藹的對待。然而那些怎麼處理行政工作的眉角、學術研究一些細微的態度、職場裡的進退應對，或者如何評賞建物的美，經常是在有意無意間發生，有意無意間對我帶來一些影響。

工作了以後，初初來到一個每逢梅雨季牆壁就會流眼淚的地方，第一次知道除濕機可以讓心情乾燥起來，也就更慣於賴在屋內。曾經好一陣子都窩在小小的筆電螢幕前，看著之前從妹妹書櫃裡搜刮來的黑白的小津安二郎。

《獨生子》裡那位信州農婦賣田打零工攢錢送獨生子去了東京。許久以後，老母親來東京探望兒子，發現他終究只是一位窮教師。「媽，妳覺得我怎樣了？妳是很失望吧？因為連我自己也認為我沒什麼成就。」老母親沉吟許久，遠方有一處裊裊生煙的垃圾焚化廠。回到屋內，兒子再說東京居大不易，老母親倏地就訓斥他起來，一句句「你還年輕，不可以就此放棄」、「你怎可以這樣懦弱」、「但也有很多人在東京成功」，目光如炬，鐵石肺肝。

影片末了，他端詳那熟睡的嬰孩，對著妻子說了：「他不會永遠都是小孩子，我想他玩大的遊戲。」如絲如線的意志，迴腸盪氣。老母親是和藹的，老母親盼望兒子能出人頭地，老母親哭濕了衣襟。

雨季隻身在異地，我不免害怕起外面的潮濕，關愛我的人的責備。有時以為除濕機已夠，有時以為我更需要焚燒起來的烈火。

成為吾師期待中的樣子，也許是我對某種理想主義的臣服。世界的腳步太快，而我總是遲疑太久，一遲疑就是退步了。此後，不知道算不算太自不量力，經常要求自己去表現出超乎自己能力負荷的樣子。

而有時，自不量力的背後，是因為害怕辜負了他人的眼光，倒不怕自己的無能被看穿，只覺做為一個必須體貼他人的人，好像不能夠太自由地任性。基於某種報恩的緣故，就是拚了命也想完成一些使命。

如果還有後來，電影裡的兒子最終是否能如老母親所願，在東京頂天立地玩起大遊戲？抑或終究是一名夜校窮教師？不知道史公對抗流賊堅持「數月不就寢」，乃至寒夜守營，起身抖動衣裳時，竟是「甲上冰霜迸落，鏗然有聲」，是不是也從來沒想過自己真正想要的是什麼？還是左公魂就是他的使命，這一生沒有遲疑，義無反顧。

後來在工作中的許多身不由己，或許是唯恐有愧於吾師而盲目抓根浮木的後果。然而這個「愧」字莫非是吾師洞見潛藏於我心裡的眾鬼，見我怯弱無法在自己的生涯中有所作為，於是用盡千方百計刑求逼供欲繩之以法？那麼句句的責備就是降魔收妖的咒語了？

似乎我們骨子裡想追求但卻步不前的理想或抱負，有時真非得以酷刑逼出能量，逼出狗急跳牆，逼出像災難來臨一肩就扛起冰箱跑的那種爆發力。

忽然憶起某次晤談，老師雄辯滔滔得我噤語不敢發聲，落得速速趨而出。沉寂了一周，甚至數日難以入寢，終於戰戰兢兢撥了電話給老師欲聊表忠孝仁愛云云之志，其實心裡慌張得不知該說什麼。

想不到電話那頭接通後，老師劈頭就說：「怎麼樣？妳想通了什麼事嗎？」我彷彿看見彼端一雙睥睨的眼神，揚起一邊的嘴角，像是圯上老人露出那熟悉的料事如神得意的微笑……

閱讀〈左忠毅公逸事〉，我深深感動於史公那聲淚俱下述左公之事以語人曰：「吾師肺肝，皆鐵石所鑄造也！」的溫柔與悲痛。即使，我現下的碌碌終究有愧於吾師，然而些許鞭策仍是冰霜迸落般鏗然有聲，又像那烈火燃得我裊裊升起不再潮濕。也許某日，忽然就發現自己有了扛起冰箱跑那樣義無反顧的爆發力。

分別心

她如釋重負轉身離去，忽又折返說「老師，抱抱」，我倉皇得來不及起身，女孩就甜甜地偎了過來

「原諒我沒有辦法很有感情地講這一課。」我雙手一攤，遇到教科書裡沒有感覺的課文，只能誠實跟學生招了。

所幸多數學生也能柔軟地接受，於是我便老老實實把重點帶一帶，還要邊喘氣地說「怎麼後面還那麼多」，彷彿是夏日裡受了詛咒的火鍋，沸騰騰地好不容易快完食了，它自動又會浮出一堆料。老闆在一旁催促著用餐時間快結束了，沒吃完是浪費食材要罰錢。

不得不承認對這些選文，我真有分別心，想與學生分享或討論的東西，就理所當然有差別待遇了。喜歡的作家、喜歡的課文、喜歡的文體、喜歡的價值體系，就是耗費半個月，飽足感十足，仍是意猶未盡。

喜歡的事，就會一直做下去，就算結果不如預期，雖有遺憾，尚不致大嘆徒勞無功。

對於喜歡的人，也是一樣吧，哪怕是些許心思的牽動，都心甘情願。不甘願的人，一秒都是虛擲，一塊錢都嫌浪費。無可救藥的分別心。

那麼對於學生呢？男學生、女學生，也會有分別心嗎？

湯顯祖《牡丹亭．閨塾》裡的私塾老學究陳最良，不稱女弟子杜麗娘名姓，而喚她「女學生」，起初我還覺得這個稱呼真有意思，學生就學生，或者乾脆直呼名字。在「學生」這個詞彙之前，還加了個性別，好像學生在走廊上見了我，要說聲：「女老師好！」一樣多餘但覺有趣。

回想起二十六歲不到的那一年，我以一頭烏黑長髮和清瘦之姿，擔任起一群高二男生的導師。從未設想過，在男孩的眼裡，這位老師曾經如此清新，那樣輕盈的腳步之後，一些香氣放逸在空間裡，彷彿帶來某種振奮的療效。

當我從以男學生為主的學校轉換到女生為絕大多數的學校之後，才慢慢意識到女老師的花期很短，盛綻的時候若能開在萬綠中，絕對會是日後極佳的「想當年勇」話題，可以青春恆久遠，盛世永流傳。

然而時日久了，隨著年華已逝，「當年勇」再沒什麼說服力，我也就愈來愈少再提及關於校園裡哪個男孩喜歡拿著手機偷偷朝我對焦，哪個男孩擄走我的滿天星又在一周後端著迸發得益加青春的滿天星物歸原主，哪個男孩經常等在課後我必經的穿堂殷切地行注目禮，或者哪個男孩每日清晨等著我摘下安全帽，一甩長髮，不經意地往二樓一瞥，「噢，你也在這裡嗎？」讓張愛玲的〈愛〉日復一日扭曲地在這簡陋沒有屋頂的機車棚，繁華地上演著。又或者監考時，坐在講桌正前方哪雙眼炯炯有神盯得我一雙手抖得像鑽地機，答案卡怎麼數都數不準。或是那個畢旅夜晚，每個班發放一個祈願天燈，壯麗的黑夜一盞一盞，承載著男孩們要對上天訴說的大考願望。不想一盞天燈忽然脫隊般，往下墜去。男孩的班級一下子幹聲四起，「都你啦，寫什麼『我要追到黃老師』……」還有，哪個男孩在我要離職時跑過來扭著自己的衣服啜泣地說為什麼妳要走。想起那個經營許久的歡樂幼幼班依然不能夠陪伴他們到畢業，心情頓時沉重了起來。

而某些陪伴，竟也是斷斷續續而意想不到的長久，像是後來一票人帶著令人懷念的故鄉名產跑來我的新學校敘舊，單車環島經過這座城市不忘有我，電話和網路世界的問候，或者路上偶遇，願意投以一個認識而驚喜的微笑，都是如此美好。

分別心一定有的，只是沒有一定給誰，無關性別。美不美好，那條界線而已。

在教學的場域裡，有時只消有雙眸子願意交付相信，懂我話裡的笑點和淚水，就會讓人有種放不下心耍廢、應該把自己知道的用力傾囊相授的感動。那樣的感動、那樣的滿足，好似這陣子的準備工作，都是為伊人而行，有伊人相伴。

我依然記得某些甜蜜的午後，女孩雀躍地挽著我一路從教室走回辦公室，絮絮著「老師，寒假太長了，超想妳，真的真的好想妳」。有個女孩則是寧靜地在辦公桌旁等候我，虔誠的雙手遞出一封長長的信：「哪天若沒見到老師，便覺終日昏沉，悵然若失」，不是告白的那種。幾個女孩在空堂時間，拉著我找校園一處空白就地坐下，就是想聊天聊什麼都好。一個女孩在周記裡說她不太擅長閱讀但喜歡手工藝，末了問我喜歡什麼顏色，她想編一條幸運手環送給我。還有個女孩習慣對我傾訴青春瑣事，像是梁朝偉在《花樣年華》裡對著樹洞埋藏自己的祕密。她如釋重負轉身離去，忽又折返說「老師，抱抱」，我倉皇得來不及起身，女孩就甜甜地偎了過來。

我不確定身為一個老師能夠給學生多少東西。有時，覺得自己，才是那個需要抱抱的人。教學遂成一種醫病關係，需要療癒的其實多半是我自己。

當日常裡，免不了又對課程、又對當下的種種、又對課堂裡令人神傷的態度起了分別心，半點倦怠半點偏頗之時，幸賴有些喜歡的事、喜歡的人、喜歡的回憶，讓我可以平衡地走下去。

是以喜歡與青春年少在一起，彷彿這樣可以更接近過去的自己一點點，更接近未來完整的自己一點點。我會記得那些貓咪般暖心陪伴的課堂，某個午後的問候，校園中遠遠一聲沒有要幹嘛的純粹喊喊，或者更久更久之前男孩的笑鬧和淚水。那或許都是醫治現下倦怠最甜蜜的處方箋。

作文海

因而明白有些人書寫是為了浮上水面，有些人書寫則是為了埋藏為了潛得更深

「上輩子殺了人，這輩子改作文。」每到學期末，所有的國文老師都要深深地再次感受自己上輩子累積下來的業障有多重。

改了十多年的作文，經常淹沒在作文海的業障裡，我忽然記起在大四那年，一個月的教育實習，我來到台北一所國中，在批改了一次全班的作文後，非常認真、開心且主動地告訴實習指導老師：「老師，接下來的作文全部都讓我改，好嗎？」

一直記得這位老師的表情，訝異而且匪夷所思，看著我，充滿感激不盡求之不得，但又很同情覺得我是不是搞不清楚狀況。然而我非常堅定近乎懇求，不是為了實習分數，也沒有要討好老師的意思，那時的我真是非常喜歡改作文。

一個年輕得像姊姊的實習老師，帶著受過一些些訓練的諮商技巧，願意在紙墨間傾

聽年少輕狂的心跳，而那些年少輕狂何嘗不是一面鏡子，讓我照見了自己，一次又一次貼近曾經擁有的青春。多麼美好，關於學生關於青春的我。

大概在中學時期，我曾經如此渴望在文字裡被老師肯定，卻也曾經在文字裡被老師說不知所云，還給個與我努力程度完全不相稱的分數，那樣的年紀是會受傷的，而且傷痕有點久。總是全心全意把自己的氣力給豁了出去，卻是一再地游不到彼岸，我多麼希望有人可以丟一只泳圈給我，或者為我那緩慢但也算曼妙的泳姿喝采。只是，大部分時候，眾人在岸上歡呼上岸的伊人，我則溺在原地自己摸索著如何換氣，最後決定憋氣抵達終點。

所以一有機會角色互置，無須藉由道德律，自然便想用力跟著跳進作文海中泅泳，像是欲彌補自己青春時所失去的氧氣，希望新一代學子擁有自然的呼吸，在水裡自在來去，學會一輩子帶得走的能力。真是好積極好勵志。

然而，不知道是不是教學到了某種時候，保鮮程度也會跟著褪了色。還是海域沒有邊界，海水過分鹹澀，於是，我想上岸我想上岸我想上岸，便成了學期末亟欲呼吸新鮮氧氣的執念，驢子前紅蘿蔔似地誘人。

如果說婚姻裡有所謂的七年之癢，那不知道有沒有這樣的統計：一個國文老師平均改幾份作文就會厭世？恐怕老師的樣子裡，不許有倦有厭，要不就成了眾矢之的的老賊了。

只是我真忍不住經常妄想，可不可以也送我一個像我當年一樣的實習老師，而且他會在學期初就熱血沸騰地懇求我：「老師，接下來的作文全部都讓我改，好嗎？」

＊＊＊

而書寫究竟和作文不一樣。

寫作文和改作文有種在無邊界大海中泅泳的疲憊，寫不完或改不完都像是溺水。書寫卻比較類似換氣。不算上岸，但是潛了許久，換個氣就有些力量再潛下去。好像沉默許久，偶爾也需要說說話。書寫有時就是一種對話，我以為這世間若有個能夠留戀的物件，就存在了為之振奮的理由。那麼，就是為一人而寫，只對你一人而說，也是值得而且美好。

有時文字是為知我者而寫，因為你懂我；有時文字也為不知我者而寫，也許你會因此懂了我的別無所求。此刻腦中不斷浮現《詩經．黍離》複沓一句：「知我者謂我心憂，不知我者謂我何求。」如果不談家國，只談你懂不懂我，這樣的曲解倒很美。

而書寫也是殘酷的，在揭露與保留之間，那樣分寸的拿捏究竟也毫無標準可言。散文必須為真嗎？我期待看到的是真實的東西，但呈現的技巧可不可以因為某種理由（或為保護當事人或為隱私或為某種不能坦露的猶豫），而以迂迴或拼接或轉換人事場域的方式帶過，像是畫面上的馬賽克。說到底，還是帶點防範的，就怕坦白得體無完膚之後，沒有把握要如何收拾這樣的掏空。

於是有時把自己打碎了，分身到許多角色裡；有時為了貼近對方的視角，把自己化為他成為文字裡的那個「我」；有時不過是自己在與自己對話罷了。而我以為自我對話、自我辯證、試著去擁抱那個字裡行間的自己，就是書寫存在的理由。也是書寫可以做為在茫茫大海中求生存，偶爾浮出水面換個氣，就可以再繼續潛下去的理由吧。

因而明白有些人書寫是為了浮上水面，有些人書寫則是為了埋藏為了潛得更深。

我仍然想著，寫作文可不可能也有機會成為一種抒發一種換氣式的書寫？提供自己與自己對話的媒介？不知道能不能讓在文海裡學習泅泳的學子們習得一種呼吸的技能？於是，可以隱身在文字裡在寫作裡，偶爾幻想，偶爾變化身分，藉此找一個機會說話，有時就覺得不會那麼寂寞，用不著憋得如此難過。

只是，面對那滿溢的作文海，不免還是猶疑：會不會駑鈍如我，批改不當，引導技術困窘，落得只剩一股勁把陸上生物丟進海裡的殘酷？

馴服

我們之中許多關係其實也都是浮光掠影，在交會時互放出光亮，
彼此成全又各自走向自己

近日又落入一種循環。

教科書從第一頁翻到第一頁，進入筆電欲重溫昔日檔案，卻逕自瀏覽起網頁，讀了一堆焦點新聞、娛樂與花邊，網購好幾樣華而不實的物拾，家中書櫃已如爆米花桶炸開而一箱書不久又要送來。這天最狂的是，讀了一首英詩，覺得很美，竟花費大半個寧靜的夜胡亂翻譯了起來。

而連夜幾場夢，淨是鐘聲響了之後，便一步踏上潘洛斯階梯始終抵達不了教室，或半途發現沒備齊該有的東西哭嚷著想折返仍硬是一路被帶往目的地，或到了教室卻發現走錯而正確的在哪裡竟杳然無知，甚或在停車場即找不到車子連出發都沒有哪來的終點。時間還是往前。

暑輔將至，焦慮襲來。並非假期久了而有回去上班的倦怠。事實是，上班經常比放假還要自在，恐怕是被日出而作日入而息的規律給馴服了。

像是狐狸對小王子說的：「你最好每天同一時間來。比方說，假如你下午四點鐘要來，那麼，從三點開始我就會開始有幸福的感覺。時間愈接近，我就愈覺得幸福。到了四點鐘那一刻，我早已坐立不安了！」上班究竟稱不上幸福，等待下一堂課當然不會有坐立不安那樣的興奮，然而「規律」這件事對我來說竟會帶來昇平的安然，像迷了路但心裡明白總有出口不會遇到死巷一樣安然。

可能，我並不善於處理「開始」。

荒廢太久當導師的記憶了，只能往筆電的舊檔案搜尋。習慣當專任的揮一揮衣袖，忽然要與一個班級在交會時互放出光亮。忘了應該可以怎麼開始。

只怪不長進如我也跟人家時興起「悔其少作」的暗潮，不知以前自己那樣熱血勵志的班級經營套語是從哪發想而來的？以我現在連班遊畢旅都不想參加的性子，複述一次以前的腳本，實在不是一個誠懇的點子。舊檔案不堪用了，可以怎麼開場好呢？教科書從第一頁翻到第一頁，還是繞著這個問題轉。

在《流動的饗宴：海明威巴黎回憶錄》裡，海明威（Ernest Miller Hemingway）回憶著即將動筆寫一篇新小說時，也曾陷入萬事起頭難的困局，他對自己喊話了：「別著急。以前你能寫，現在也同樣能寫下去。目前能做的，就是寫出一句真實的句子，把你所知道的最真實的句子寫下來。」於是，他剔除那些過於雕琢、解說太多的句子，決定把他所知道的每一件事寫成一篇小說。

那麼別著急。以前能，現在也能。

而我所能做的，就是把最真實的期待講出來。不假雕琢，無所謂過多修飾。那麼我們的交會將可能老老實實延展成一卷故事。然而在那之前，我暫時還不想說話，若要，我想說那些始終抵達不了終點的夢。在那無止境的階梯悖論裡，沒有誰高誰低，誰先誰後，你我一樣都在摸索、都在追尋的路上。

我喜歡狐狸說的：「你應該要很有耐心。首先你要坐得離我遠一點，就像那樣，坐在草地上。我就拿眼角餘光看你，你不要說話。語言是誤會的源頭。但是，你可以每天坐近我一點……」那是馴服的第一步，他說馴服就是關係的建立。

那又如海明威說的：「也許離開了巴黎，我就能描寫巴黎了，一如在巴黎我才能描寫密西根。」拉一點距離，多一些清楚。因此我想坐得離妳遠一點，看看妳，請妳也看看我，看看她，看看這個即將相處三年的校園。

雖然我不確定師生關係是誰在馴服誰，誰是狐狸誰是小王子抑或是玫瑰也未可知，但是可以什麼話都不用急著說，只要坐得遠遠的，然後每天靠近一點，如談一場青澀的戀愛，像電影《明天，我要和昨天的妳約會》（注）那樣青澀，像京都的一景一物那樣靜好，像男主角高壽終於意識到女主角愛美的第一次就是最後一次那樣哀傷和顫抖，如此，都令人益發珍視靜默無語的開始。

馴服的過程也像一場純粹的愛戀，狐狸說：「你馴服我，我們就彼此互相需要」，還提醒小王子要「永遠對你所馴服的對象負責」，就像呵護那朵玫瑰一樣。

我花了很多時間才稍微釐清高壽與愛美的平行宇宙到底是怎麼一回事。我們之中許多關係其實也都是浮光掠影，在交會時互放出光亮，彼此成全又各自走向自己。

有時我以為，對現下關係的負責，是為了那一片金色麥田的風聲吧，是為了拉開距離後更能清楚看見巴黎吧，是為了拯救錯身而過，是為了在那沒有盡頭的階梯迴圈裡結伴各自行進吧。

彷彿一切相遇都在為美好的告別做準備。

於是對小麥製成的麵包原本並不感興趣的狐狸，在某個分離的時刻接近時，他會對小王子說：「你有一頭金色的頭髮，當你馴服了我，那些金色的小麥都將使我想起你，而我從此也將喜歡聽吹過麥田的風聲了……」

注：

電影《明天，我要和昨天的妳約會》改編自七月隆文同名小說，故事由男主角京都大學美術系學生南山高壽，在電車上邂逅了女主角福壽愛美開始。輕暖的陽光及柔美的京都戀情背後，卻是埋藏著女主角來自「平行宇宙」的祕密，她的生命時間軸是從死亡邁向出生，從年老走回幼時，兩人在二十歲那年有了短暫三十天的交集，此後高壽將持續往二十歲以後邁進，愛美卻是縮回十多歲的年紀了。於是高壽的戀情一如往常地從初識到熟稔，對愛美來說，初識的那一天卻是她戀情將要結束的時候，初次約會、初次牽手、初次與高壽經歷的種種，愛美都知道那便是此生與高壽的最後一次了。在意識到離別終將不可避免的那一刻，高壽對愛美說：「我們並沒有錯身而過，我們會將彼端彼此結合，成為一個圓，合而為一……我們是彼此羈絆的兩個彼端。」

一路順風

於是那些事的榮枯，終將與我平行，所有成敗也與我無涉，沒有受傷就不必面對復元，不去擁有快樂也就沒有失去之虞

與三位學長約在台北一家日式buffet聚餐，學生時代主修教育行政，多數他們真也學以致用，站在主任、校長或教育長官的位置，在這個幾乎什麼都講究速效的世界裡，緩緩而堅持地推動著自己的信念。

我不只一次這樣帶著「高處不勝寒」的疑惑，詢問他們站在高處的意義，在得到一些諸如寒冷之後便是百花盛開之類的解答後，仍然不確定，那百花盛開的悸動，值不值得以凍得天荒地老的代價去等待？

所謂教育百年大計，最終結果我要見她百花盛開，還是一枝獨秀，或者即便雜草叢生，也是生命的一種？

也或許我在做上述這些衡量時，就意味著不夠義無反顧，稱不上勇敢去闖。當槍聲

一響，所有人都往前衝，我還在猶豫如何跑得優雅、跑出勝利，或想著有沒有必要參與這場賽事的時候，其實我已經被判出局了吧？

更多時候，我是想都沒想，憑著傻勁就一頭栽了進去，讀書如此，就業如此，選擇朋友選擇情感也是如此。所以看起來深思熟慮的堅定，其實面對他人問起我「為什麼」的時候，內裡真是虛空到不行，以至於我進行的許多外相，骨子裡都沒有足夠讓人信服的動機。

當了十多年的教師，陰錯陽差地答應了學校行政的兼職，不算是國王的人馬，也沒有所謂離開舒適圈，跳入火坑那麼偉大。只是不在教師們臆測的名單裡，多少就代表著半路殺出程咬金的意思。

不過對教師們來說，行政那邊在幹什麼其實也有點無關痛癢，像是一陣風吹來，低頭吃草的牛羊頂多抬起頭來看看雲怎麼了，然後又繼續吃草。管他程咬金是魯莽或憨直，事情有人做，不要礙了人們原本的步調就好。

可是對我來說，莫名一種戰戰兢兢，在一個熟成的環境裡，許多步調早已成形，變革談何容易。在個人本位主義高漲的時代，怎麼行事都不容易圓滿，而可能我是一個害怕看見缺口的人。即使只是希望能夠蕭規曹隨，要理解那些公文檔案和人們在想什麼，就已耗掉一半我那窄仄的腦容量。

我與學長們，各自取了盤餐之後，忍不住請他們各送我一句箴言，即便年紀使然，可塑性不怎麼高了，可畢竟是新手，為了一路順風，也請惠賜我錦囊妙計吧。

一路順風，沒有什麼比這更重要了。

第一年行政工作安然度過的那一個暑假，我帶著兩個孩子上班，鎮日放養在我的校園裡，感謝有好心的同事陪他們說說話，耐著性子看他們玩一局扯鈴，或者幫忙派些任務給他們去完成。許多時候，我感到虧欠，只因我是那種一啟動工作模式就沒完沒了的人。那天正參與討論著下一個學年的導師名單，忽然孩子慌張地跑過來說：「媽媽！弟弟流血了。」

「流血！在哪裡？」「那裡，花盆那裡！」「發生什麼事？」「我踢球過去，弟弟沒接到就跌倒撞到花盆了。」

雕有紋路的石造花盆旁蹲了一位學生，試圖安慰半臉是血的弟弟，一條河流是淚是血毫無章法一路氾濫，我慌亂地隻手摀住汩汩的源頭。從健康中心簡單處理出來，要送往附近醫院的急診室去縫合撕裂的額，我才發現跟在身邊走進走出的哥哥，不斷地說話、不斷地想告訴我他有照顧好弟弟。

那些時候的夜裡，我總要夢上一回滿臉的血，沿路滴著規律血花的地板，還有急診室裡慘烈的哭聲，傷痕像張口呻吟的魚吻一下子就咧成巨鱷，而哥哥不斷地不斷地有話要說，可是大人在忙，沒人聽他說話。

我也許聽了太多關於人們與校園的紛紛擾擾，而其實那一點也不好聽。

一次雨天陪著孩子在觀光區玩卡丁車時，賽車場裡空曠無人，央求老闆給玩多一點時間，他說一局十分鐘剛好，小朋友都一樣，一開始很安分，太規律的繞圈後，就開始搞怪冒險了。所以，十分鐘，一路順風。

大朋友，我想也是吧。不知道這能不能解釋何以我總是不安於一件事玩太久？時間倒數開始。卡丁車的油門便用力踩踏了出去，速度把世界拋在腦後，周遭一切都變得好模糊好暢快。

短暫的行政兼職，恍若一夢。一陣風吹來，那些記憶雲也似地飄走了，低頭吃草的牛羊抬起頭來，什麼也沒看見。

對許多事都要用力地玩它一回，事後武裝一副事不關己的疏離，帶殼生物似的一下子把軟體縮了回去，以堅硬對抗外界。那彷彿是我與生俱來的天賦，必要時會自行運作的自我防衛機轉。於是那些事的榮枯，終將與我平行，所有成敗也與我無涉，沒有受傷就不必面對復元，不去擁有快樂也就沒有失去之虞。我在他方，不曾與你同在。

也就愈來愈不與世界同在。

在某些忽然感到空洞的陰天裡，缺口一下子咧成巨軀，竄出護欄，我負著傷不斷逃亡，世界沒有盡頭，而你在他方。

想起學長們在我踏入行政工作前，分別送給我的那三句話：「體驗看看」、「學著忍耐」、「笑看一切」。真如錦囊妙計。可惜駑鈍如我，沒能參透。

大概令人欣慰的，是在兼任行政職期間，得以潛入工作電腦裡的歷屆畢業紀念冊資料夾，凡見有我的照片檔，不夠美的，全數刪除，連備份的隨身硬碟也不放過，知道幹事同仁的電腦裡也有備份，硬是出其不意，也全數刪除。想想臥底的這些日子，總算任務圓滿值回票價！

安靜微小的存在

鎮日讀書，四周遂如光圈調大般，虛化了與我無涉的人來及人往，而我是長焦鏡頭裡安靜微小的存在

像是短髮了一陣子，就思維著來蓄長髮看看好了；直髮太久，就又動起燙捲的念頭。所以當了多年的老師，也想再體會一下當學生的感覺，可能是這樣吧，於是回頭去考博士班。

而準備報考，竟也煞有其事啟動了學生時代衝刺大考的模式，清晨五時即被鬧鈴拖出被窩，拎到書桌前啃食起一頁頁的教育行政、教育研究法，一次又一次修擬著生澀的研究計畫，然後揣摩面試。七時以後，孩子的早餐、上學、我的上班授課，放學、家務及備課，回到自己，又是深夜了。

能在慌忙的生活裡插入表格，拉出規矩的時間，然後照表操課，隨著分針時針浸潤於切割成一格一格等量分配的章節扉頁裡，彷彿回到青春的肉身，真是一名道地的學生

了。於是半年準備考試的時日，像是回到高中那個我，衝刺大學聯考，闖入一場夢。夢外經常有鬧鈴，儘管是假日哪怕過年時節，我隨身攜著一只鬧鈴，每日清晨便是聞雞起舞，十八歲的日子竟是在必勝的頭巾裡顫顫巍巍走過。此後，我便以為追求夢想，都要如此喧譁如此安靜了。

喧譁的是那滿天星斗的異想吧，安靜是在走向一場夢的路上。

後來就經常與高鐵追逐，以競走的速度趕上夢。試著把自己的身心安頓在一方教室裡，教授說著話，台下的我大部分時間清醒，有時睡著，或者偷偷做著自己急著要完成的事。回來當學生之後，好像忽然能夠明白我與學生其實各自有夢，我們各自以夢為軸心，天南地北畫出無限大的圓，彷彿天地間的滿足都可以收攏在彼時彼刻這個小圈圈裡面。

我也就學著不去打擾你，打擾自己，打擾那些安靜微小，也或許是巨大的夢。

讀書最幸福的是能與書在一起，而且擁有同窗。女性、沒有名片，在這領域的團體裡有點格格不入吧，所幸有書，讓我暫且得以在同一個窗台遙望天上的星。

在學分、資格考、期刊發表都妥貼了以後，剩下的就是學位論文了。家中書桌下依幾個變項分類堆疊的相關資料，擺了好一陣子，幾乎是在網路世界裡一筆一筆瀏覽搜索，或者窩在社資中心一頁一頁掃描之後印出來的。

喜歡那些時日，可以隱身在正港學生中一起穿梭在圖書館的各個樓層裡，每當撞見任一副空白桌椅，就會有種在城市迷魂陣中找了許久停車位，終於遇上一格那樣令人怦然的心動。

我終究喜歡把自己安置在毋須與人互動的角落裡。鎮日讀書，四周遂如光圈調大般，虛化了與我無涉的人來及人往，而我是長焦鏡頭裡安靜微小的存在。

也或許，清晰的其實是書頁裡字句流動的聲音，我像飢渴的傾聽者，錄音筆都準備好了的那種，逐字稿般地貪婪。

如果真是學生時代，就可以這樣永無止境貪婪下去。連在夜裡走著，都覺得月亮是跟著我。四周一樣暈染、虛無。

可惜不是學生時代了。那樣的安靜微小像夢。

所以時間一到，依然得回到現實來。虛化了的反倒不是人來人往的外界，最模糊的也許是自己吧，水中倒影般石子一擾就碎裂了。碎裂了其實也沒什麼不好，如萬花筒轉著轉著一下子還是可以變成另一種形狀重新來過，然後慢慢地也就耽溺在這樣模模糊糊沒有盡頭的日復一日裡。

書桌下那些變項們像貓，靜謐地蹲踞著偶爾喵一下。我的孩子則像狗狗一樣太喜歡盧人去蹓躂。我經常得闖入都是人的地方，台下的青春面孔不一定會專注於我，我說：「上課同時看著國文和數學，會不會分心啊。」女孩一下子就明白，馬上把國文課本收進抽屜，堂而皇之攤開數學講義。有時是略帶歉意的女孩，下課後來自首說：「抱歉老師，剛才我睡著了。」我說：「沒關係呀，妳是累了想睡，不是因為我不精采吧。」然後就哈哈哈，彼此找了台階下。

沒關係真的。我比妳們更不愛上課，也想做自己想做的事，或者乾脆做一場夢。

生活還是碎裂奔波的，沙場在人群裡，又好像應該在無人的地方，應該先做哪一場夢也說不準，經常這個夢才正要精采，就又跳接到下一個夢境去了。是以我並不擅長縝密，那些記在筆記本裡的，是屬於筆記本的。而我總是忘了打開筆記本。

就這樣遺漏一些人，忘了一些該做的事。忘記是因為無心，無心之由也許是不那麼在乎，也許是沒有鍛鍊好打開筆記本以提點自己的好習慣，也許是不小心忙而茫而盲。

恍然記住的時候，往往事過境遷，些許懊悔，卻也無奈。有時懸崖勒馬，緊急在前一刻記起這樣的事，總也慶幸萬分。

於是我相信，無心不是無情。

就像那位女孩課堂上的無心，是因為憂慮隔周的推甄面試；就像我那萬事都備妥卻還是延宕的學位論文，暫且無心，也許是我更想在有限之內去完成其他文字的書寫。

情感裡的承諾也是如此吧，他若無心，你的要求就會是無理；若是有情，也禁不起時時刻刻的催逼。

許多事就是你情我願，這麼簡單，卻也萬分複雜。簡單是因為只需把心交給情願，然後順著情願走；複雜卻是因為，有你、有我、有人的互動，你不情我願，你情我不願，有時你情我願可是他人不情願，排列組合起來太紛雜。

而我總不善於面對紛雜。

乾脆藏身在毋須與人互動的角落裡，情願讀書、寫字，放逐自己回到學生時代，好好地做一場安靜微小的夢。

自己的樣子

一直到了在迢迢路上跌倒又爬起來了以後，才知道有些人永遠不會站在妳這邊，而妳又何以苦苦巴望那些永遠得不到的祝福

妳曾想過該如何向他人述說妳自己。比方說：我是一片青苔，如果是鳥，那就是雎鳩。性喜僻靜，所以妳見我在水一方。又或者在有水而沒有光的地方。

也可以人性化一點：就愛幻想，不自覺就少女心起來。經常摸索如何成為一個領域裡所需要的樣子，可是都不到位。喜歡待在地下室吸取雨後空蕩蕩水泥地散發出的那種清新的氣味。

就是沒想過直截了當地從工作、職位來介紹妳自己。

每當外人問起職業，妳沉吟半晌，填補尷尬的猜測便是護士、不動產業務、園區上班族、鋼琴老師、英文老師……有時不得已逼出答案時，隨之而來一些回應如完全看不出來耶、老師可以穿這麼短嗎、我最怕老師了、當老師真好有寒暑又有薪水拿，不然就是

肅然起敬起來，或忽然背出一兩句詩要妳接下一句之類的，還有下次再度見面時就要老師老師地喊著，然後量身推薦了一系列專屬老師場合感的髮妝衣著鞋子和養生智慧包套等等，這些都令妳有種一直下不了班的怖懼。

下不了班的怖懼是被定位的形象，那便如工廠輸送帶上等距移動的產品，規格一致，沒有差池，下一步就是封箱包裝，不容逃逸。

在一個講求精準的世界裡，要去揣摩怎麼符合別人的期待，好難，執意做自己經常就是落得被淘汰。老師只能有一種樣子嗎？這成了妳面對介紹自己時沉吟半晌不想言說的藉口。

妳也不太習慣將課表公告在桌上，妳說不知道如果改放一張「我不是在上課，就是在前往上課的路上」的牌子會不會太假仙？然而這一點都不假啊，只是這「路上」也許是隱喻。直線的兩端不一定是辦公室和教室，任何一處都是妳工作的地方，任何一處都可以是學習的場域。

站在台下一群人的教室，走在都是青春面孔的校園，辦公室裡鎮日都是人聲，下了班料理晚餐、接送孩子和家務，妳的生活豐富得容不下一點寂寞。妳其實也不討厭這些事，有時便是機械似地切換著，然後在輸送帶上等距移動，規格一致地前進著。一下子白天就到了黑夜。只是妳知道——經常，我不在這裡。

而「我」究竟在哪裡？而「我」又是誰？

妳想起很小的時候，總是疑惑為什麼「我」會稱呼「我」是「我」？何以只有「我」知道「我」腦子裡想著什麼？若是哪天「我」消失在世間，那麼心裡的那個「我」到底會怎麼看待這個沒有軀體的「我」？

十六歲的年紀，妳太喜歡抱著虛字辭典，對照著國文課本裡每一個被圈出來的虛字，抓緊老師問個不停。妳愛叩問那些字裡行間虛浮的表象，不知是因為實相太容易辨識？還是實相太殘酷令人不敢直視？妳對於抽象的、形而上的、放在心口的那個「我」，甚至比實質的、肉身的「我」更為好奇更加在乎。

而透視肉身，最貼近身體的，往往也不是自己、不是最親密的人，那些販售內衣的櫃姐輕易地就可以拉開簾子走進來，往妳的胸衣裡掏撈挪移，時不時貼在身後一齊看向鏡子像表演一支雙人芭蕾，而其實妳慣於獨舞。

這副肉身記憶著妳的過去，妳曾經擁有的樣子。

從前那個，學生時代的妳，還沒有經濟能力的妳，理所當然讓母親領著去百貨去店面，由她的眼光來打理妳的穿扮。試衣間走出來，從她那斟酌的眼神裡，妳揣測著自己能不能駕馭這般樣式。母親帶妳進入愛美的世界，可是卻沒告訴妳，這個世界的邊際那麼大，而她的氣力那樣有限。長大後終究得離開家，妳必須學會一個人打理自己的形狀。

年復一年從衣物款式、櫃姐的說詞和難得靜靜看著鏡子裡的自己，慢慢意識到自己身形的變化，從不同人的眼裡看見妳是一個怎樣的人。愈是渴望他人的認同，往身上堆疊的期待就愈沉，該怎麼做該怎麼走，塑膠人偶般被拆手拆腳換上一件又一件妳必須展示的衣物。

妳早早便發現做自己不是那樣簡單。六歲剛入小學，妳因為在校園說了台語而被導護生登記，被掛上一天「我愛國語，我不說台語」的狗牌尚不打緊，最難過的還是被罰了五塊錢，剝奪了可以跑去福利社買一包爆米花的快樂。他們認為台語低俗，於是妳開始字正腔圓地符合他們的期待認真說起國語來。

妳又想起十七歲的那堂美術課。妳與她面對面，端詳彼此的五官與線條，畫紙上打著輪廓，空氣沙沙的，只有鉛筆和軟橡皮捏塑陰影及臉部肌理時交疊出來的聲音。

下課時間，她向其他同學露出一抹奇異的招呼，幾個人圍觀她的畫作，抬起頭來就是對妳一陣嘻笑。一人從窸窸窣窣的笑裡走了過來，看了妳的畫，訝異地對那位同學喊著：「啊，她把妳畫得很美！」

妳把她畫得很美。

妳不過是畫著心裡那一座靜物。妳以為的蘋果、桌布或花束。而十七歲的妳，把頭髮紮成一束貼身馬尾的妳，不愛笑的妳，總是埋首讀書的妳，執意被她的畫筆打磨成一副冷澀蕭索碎裂歪斜的妳。

妳究竟不知可以如何抗議這張畫，只因妳也時常忘了自己的樣子。

妳曾經擁有的樣子，現在的樣子，未來可能會有的樣子，妳經常是從他或他或他的眼裡拼湊出那樣虛釋出來的自己。步入中年，背負更多樣子，每個角色延伸出來的期待枝枝葉葉，妳是梧鼠，技窮並且心虛。

喧囂的日子裡，妳想成為他或他或他，期待一些過於遙遠的肯定，想著如何貼近那些遙遠的指望。一直到了在迢迢路上跌倒又爬起來了以後，才知道有些人永遠不會站在妳這邊，而妳又何以苦苦巴望那些永遠得不到的祝福。

期待不會愛妳的人去愛妳，終究是夢幻泡影。與不對的人說話，愈說只是愈空虛。眼神拒絕與實相對焦，不自覺就飄向虛無。有陣子妳甚而踩起一種遠世的腳步，靜靜來去，連打招呼都覺多餘。

實相太容易辨識，而實相也太殘酷令人不敢直視。在追求種種外相裝幀起來的自己以後，褪去衣物，妳又回到了那本虛字辭典裡。

妳圈出一個個對自我的叩問，密密麻麻比國文課本裡的虛字更為駭人。而「我」究竟在哪裡？而「我」又是誰？

年輕時的妳，偶或央著朋友央著父母：陪我離開這裡，到不在這裡的彼端。妳跨上機車後座，夜裡的路燈有一盞沒一盞的，經常忘記前座說了什麼安慰的話，但覺這樣的陪伴很好。而更多時候，彼此無聲，只是靜靜地看著這一襲夜緩緩往後拋去，一些透亮的窗櫺在不經意中成為眼角的流星。

後來，不會有人載妳出去了。當妳不再是那樣可以浪擲分秒的大學生的時候，當妳離開家開始自己人生的時候。

有時妳便以為「我不在這裡」的原型是不是波特萊爾（Charles Pierre Baudelaire）《巴黎的憂鬱》裡的那個異鄉人？他謎樣般的存在，回答不出心底的摯愛，父母、手足、朋友、家國，一切都陌生，一切都疏離，最後他吞吐地擠出一點點線索：「我愛雲……飄移不羈的雲……這奇妙非凡的浮雲！」彷彿必須飛抵一個高度，才能望見比較完整的自己。

很久很久以前，阿嬤對妳說：「遮爾仔勢讀冊，可惜毋是查埔囡仔，當初恁老母有身時，叫伊要放粉鳥，伊就不聽。」母親終究沒有放粉鳥，妳終究是妳，不是你。

然而，妳可以就是鳥就是雲，需要在水一方或偶爾飛離陸地，在一個虛幻的高度裡，問候那個實相裡的自己。或者窩在空蕩蕩的暗室，長成一片青苔，喚回久違的清新的氣味。

坐在機車後座短暫遊晃過後，妳還是會回到原地，然後拎起一個換過心情的自己。陪我離開這裡，到不在這裡的彼端。也許，是我們選擇拒絕在這裡，拒絕只能在這裡。人們可以期待妳是他或他或他，然而妳知道妳不會只是他或他或他。

妳不想被豢養在模型裡，不要規格一致，沒有差池。妳想擁有許多衣物，沒有一定形狀的衣物。妳試著接受鏡子裡裸身的自己。工作是工作，下了班妳是妳，上了班，妳忘記家裡。上學放學，課室內課室外，妳時而是老師，時而也是學生。妳願意在輸送帶上等距移動，只求偶爾能離開這裡飛向天空。

而妳該如何向他人述說妳自己？比較完整的自己？也許在那之前，妳更想對自己述說妳自己。

妳想起一句喜歡的諺語：「心靈不在它生活的地方，但在它所愛的地方（The soul is

not where it lives, but where it loves.)」，也有翻譯成：「愛之所在，亦心之所在。」妳說都好，有「愛」就好，因為「心靈不能沒有愛而存在（The soul cannot live without love.）」，暫不當它是情詩或信仰，妳只想誠實地對自己說：我的心就在我所愛的地方，而我想成為我所愛的那種樣子。

輯三　在太空中會感到孤獨嗎

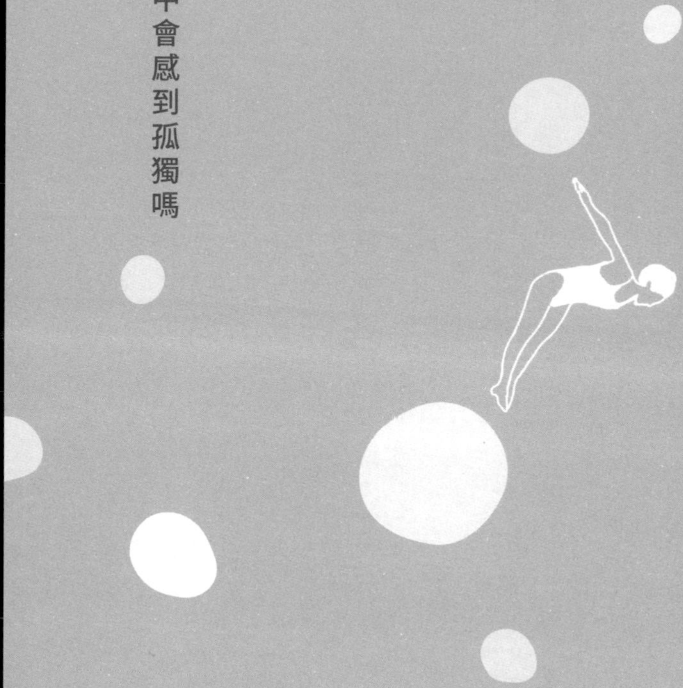

不能說黑色

世界不是無菌室。發了霉的胸口，只是心情太潮濕。請允許我偶爾永夜或永晝好嗎？

下課後，女孩從走廊的彼端追上來，露出挑戰的眼神說：「老師，我跟妳玩一個遊戲。」我輕易地接下戰帖。

「注意聽喔。遊戲規則是等一下妳不可以說出『黑色』這兩個字，說了就輸了。」

「沒問題！」就是記住不能說黑色，如此明白。

「彩虹有幾個顏色？」

「七個。」無關乎黑色。

「哪七個顏色？」

「紅橙黃綠藍靛紫。」不會有黑色。

「老師，妳輸了！」

「啥，為什麼？」

「妳說出紫色！」

「不對吧，妳剛是說不能說黑色！」我理直氣壯。

我與她對視。一秒就懂。她促狹地倒退幾步，馬上賊也似地轉身便溜，時不時回眸露出那種我得逞了妳打不到我的欠揍表情。

玩這個遊戲之前我正在萬念俱灰中，女孩的遊戲帶給我一種死灰復燃的對流。

忽然間的萬念俱灰，像是冬天的夜來得太快。感覺才進去某家店沒多久，一離開，外面的天空已黑得令人發慌。有時不會是沒由來的感傷，可是被觸及了什麼的那一剎那，就是心灰意冷了。如同熱淚盈眶那樣，來不及眨眼，淚水就掩不住溢滿了眼眶。黑夜來得太快，好像沒有灰色。人們終究不是自由的，一些念頭一下子就俘虜了原先的平靜，隨時可以波濤洶湧起來，有許多獸在心口狂奔，就要衝破胸膛。

想起許久以前，念幼稚園的兒子曾告訴我：「我的心情像彩虹，紅色是最高興，紫色是最生氣；我告訴妳顏色，妳就會知道我心情。」那麼彩虹有沒有黑色？非常生氣非常悲傷的時候，紫色還不夠。

不能說黑色。如果黑色是悲傷，那我可不可以改成：「我們來玩一個遊戲，不可以說悲傷。」然後，長長的生命裡，我們有許多時候，不被允許有悲傷。可是生命裡必然就是有黑暗。

不能說黑色。想說的時候，你告訴我你的墨色更黑，近乎於上色之後又敷之以蠟膜，牢不可破。然後我的黑硬是被比了下去，微不足道，真的不足道也。然而，小小的黑漬，總是存在，有時就是想說說，請你聽聽吧，別試圖阻斷我或告訴我：「那算什麼，我還遇過更黑的。」然而我的黑終究是我的黑，不會因為你的墨色，而讓我的黑變成白。

成為大人以後，最可怕的大概是覺得自己的經歷夠多了，所以任何年輕生命向你傾訴生活中的汙漬時，大人會等不及地打斷話語，直截了當說：「不用說了，我都知道，以前我都遇過，還比你更慘。」然後我們必須開始聆聽很久很久以前，他那真的非常悲慘的故事。聽完了呢，我也可以說說我的苦嗎？通常不會有這樣的機會了，大人會求好心切地勸我們往光明面看，多做點有意義的事，「別老是胡思亂想，鑽牛角尖！」結論之後對話就結束了。

尚有一種友伴，他只要你的光鮮亮麗和紅色，綠已是恩澤，再無法負荷藍靛紫，遑論黑。於是「你再這樣，我也要受不了了」、「你再這樣，我真要離開你了」，甚或連預示都省略，人間蒸發般斷去一切因緣。我承受不了、真要離開你，句句其實都是：「你的黑讓我看見自己的黑，我無法救贖我自己，請別讓我看見我自己。」黑色遂成被遺棄的顏色。被遺棄的不是你，而是他自己。

這世界不允許我們有病，於是那些焦躁、懷疑、惶恐與消沉，懷著非戰之罪，四處潛逃，躲躲藏藏，彷彿染上一點點黑就必須滅菌消毒，徹徹底底斬草除根，黴菌似的黑才不致扎得太深，汙染世界一片潔白。將巫婆燒了吧，這世界不允許我們有病。

我們總也得微笑地告訴大家，沒事，過了就好，放心我可以，在這個潔白明亮的世界裡，腳步必得輕盈，要昂首向前，那些畏縮、沒有笑容的剛才，像是倒轉的影片，迅疾地退下，一只吸納所有暗黑的口袋在後頭，在遙遠的彼方，在不被專注的極地，以光的速度收走這些破銅爛鐵般沒有價值的情緒。

那些日子，我們讀著李後主的〈浪淘沙〉，一句句壓抑的「羅衾不耐五更寒」、「夢裡不知身是客」、「獨自莫憑欄」，所有的否定都只是更加證明無法漠視的存在。是故「不耐」、「不知」、「莫」，更顯得現實中「必須耐」、「必須知」、「必須憑」的強迫與無奈，像是安慰一個傷心的人不要哭、告訴煩惱的人別想那麼多、要求痛苦的人不再難過，都是如此殘忍如此狠。

世界不是無菌室。發了霉的胸口，只是心情太潮濕。請允許我偶爾永夜或永晝好嗎？若你愛我，除了擁抱我的紅，也請親吻我的黑。

至少，別急著抹去我的黑色吧。請別輕易拒絕我，拒絕我有悲傷的權利。最好的安慰，有時就是不安慰，單薄的一紙緘默，也許是最厚實的陪伴。是以告訴你我的悲傷，請毋須回報等值的淚光，或急著帶我走向彩虹的另一端。

後記

不能說黑色，我把這個遊戲也帶回辦公室，企圖從同事那可預知的被耍懊惱裡，得到跟學生一樣的耍弄他人的惡趣。當對答流程幾乎快要到了可以扳回一城的步驟時，我說：「你輸了，你說出紫色！」只見同事頓時失憶般疑惑著：「咦，等等，我忘了你一開始規定不能說什麼顏色？」詐術失敗。好吧，有時忘了現下顏色，忘卻世間規則，也算幸福一件。

關起門來的美好寂寞

那段躲在廁所的日子，如此清晰，是青春正豔的時候。彷彿看見鐵蒺藜裡，一束自焚者的火，那樣孤烈

蔣勳《池上日記》和《池上印象》裡傾訴著對一些空間一些景觀的記憶，從池上的雲到俄羅斯的雲，談池上的雲淡風輕和俄羅斯那節車廂的記憶。

文字裡是這樣的：「我喜歡夜晚的火車，……在小小密閉的車廂裡躺著，感覺天長地久。像回到嬰兒時的搖籃裡，搖晃的節奏韻律，汽笛若有若無的聲音，關起門來，外面多少事都與你無關的寂寞，都這麼好，可以再一次經驗許久以前在母親子宮裡身體無所事事的記憶。」

我也渴望外面多少事都與我無關的寂寞，都可以這樣無所事事的美好。尤其是在異地，適合孵育寂寞的時空。

回想著自己空洞的長途旅行裡，也曾睡在從吉隆坡通往玻璃市的臥鋪火車上；從布

達佩斯瞇了一整晚的巴士回到維也納；癱窩在遲了四小時的夜間火車裡從亞利桑那來到加州；轉機時在莫斯科機場的小角落就著冷颼颼的椅子蜷曲了一夜。只是，那樣的空間那樣的夜晚卻甚少令人迷戀。多少美麗的風景毋須旅行，家鄉俯拾即是，然而我的心似不會為誰停留。

如果說，每個人都有屬於自己的安全空間，那裡有著在母體子宮裡的滿足和自在，那麼在我的記憶中，便是一個可以暫時與世界脫節、一個可以無所畏懼的地方，無關車廂，無關美麗，無關拉開窗簾有一片動人的景致。

你想不到的，我關起門來的美好寂寞，是在人們來去匆匆的便溺斗室裡。

高中時，每逢體育課自由活動，同學或成群打球，或坐在階梯上聊天，我便帶著小書隱身在某間廁所內，不時注意著錶，下課時間一到，再若無其事地走回操場給老師看看，跟著同學一起跳起來拍手喊「散」。我彷彿很早就明白，自由必須是規範下的自由，如果我想當一隻看起來被豢養得很得體的鳥，我最好在起飛的時候，注意自己不能飛得太遠太傾斜，保證會記得乖乖回到籠子裡，那麼下次才會有準時的飼料吃，而且還能有機會放封。

白日裡教室過於喧囂，午飯過後我便習慣離開座位窩到廁所裡了，有陣子午休時間被叫到輔導室，以為落單是一種錯，後來才聽說每班都要抽籤一個過去說說話。不知為什麼，我就對著輔導老師說起一個校園的傳聞：很久以前，某位熱愛教學的老師，假日也準時到學校，站在空無一人的教室，操起粉筆很用力地對著台下講起課文來，直到鐘聲響起，他忽然就華麗地下台一鞠躬……有時我以為，在那樣空無一人的教室關起門來面對自己的回音，會不會才能聽見最貼近自己的節奏和韻律？

那段躲在廁所的日子，如此清晰，是青春正豔的時候。彷彿看見鐵蒺藜裡，一束自焚者的火，那樣孤烈。

我曾以為那是青春年少用來逃避一些什麼的專利。然而在後來的日子裡，我才發現，自己總在快喘不過氣的某些時刻，習慣往廁所裡躲去，呆望著門或鏡子，甚至孵在馬桶上，成了石化般的沉思者。

羅丹的地獄之門啊有時我以為地獄在門外，關起門來便是很久很久了。只覺空氣不好的地方，呼吸反而自在。

珍妮芙・凱威樂（Jennifer B. Kahnweiler）在《用安靜改變世界》裡說過，有八成的內向者覺得自己處於被人群折磨而感到虛脫的狀態，這些人甚至得逃到廁所才能換得片刻寧靜。那像是〈紅玫瑰與白玫瑰〉裡一句「每天在浴室裡一坐坐上幾個鐘頭——只有那個時候是可以名正言順地不做事，不說話，不思想」，終日有違本性地去面對人群，後來得了便祕症的烟鸕「只有在白色的浴室裡她是定了心，生了根」，只消蹲伏著看那雪白肚子的鼓癟起伏、肚臍式樣的變化，竟也無端升起一種短暫的定靜。

我不確定是不是因為與人群緊密的互動耗盡了自己的能量，還是偌大的空間令人感覺自己是朵孤單的浮萍，非得在密室裡才有依附的據點，才有不再漂泊的可能；我也不確定是不是自己築了高牆，圍成一圈斗室，以為就可保護曾經受傷的記憶。像是有著刮刀式刺絲網、圍牆高高築起的傳統校園，一心一意防衛著界外。只是有時發現，自己才是被囚禁的那個人。

我依然喜歡偶爾蜷縮在牆裡面，經驗著「那個最初胎兒的空間記憶，……彷彿又一次回到那最初的私密空間，安全的空間，寧靜的空間，不會被打擾的空間。」大概也明白，沒有圍牆所謂無邊界，對我來說還是太赤裸。總是有些時候，必須回到繭裡，蹲踞成胎兒，經驗一種無所事事，其實是奮力想生存的姿態。

是以，偶爾的囚禁可以嗎？不想被打擾而已。最好，抬起頭來有一扇面對天空的窗，一扇足以讓雲穿梭的窗。

倒是，什麼時候，可以是自在的雲，時而倚著你一只胸膛，聆聽自己的呼吸；也能放心地往天空飛去，看看那美麗的風景。

在太空中會感到孤獨嗎

我更嚮往的是，只消窩在一個定點也能擁有終點的美好，無關偷懶，那必定是個令人湧現強烈歸屬感的地方

一個人在太空站裡也許會感到孤獨，但我們不是一個人在奮鬥。只要從太空站的窗戶眺望充滿生命力的地球，比起孤獨，更多的是安心的感受。飄浮於這漆黑宇宙中的地球猶如一片綠洲，釋放出她巨大的存在感。只要望著她，心中就會湧現強烈的歸屬感。這種感覺戰勝了孤獨。

——若田光一《宇宙飛行》

這不像是我慣於閱讀的書籍，關於太空，關於宇宙，甚至關於飛行。但我感覺好奇，窩在圖書館裡，任性地從架上取出這本。一位日本太空人在完成四次宇宙飛行任務後，記錄了他的宇宙印象。我想看看那一張在洪荒星空裡，依然寧靜地

釋放巨大存在感，讓寂寞的太空人能湧現強烈歸屬感的照片，我想看看那猶如一片綠洲的地球。

飛行的夢想，好像每個人都曾經有過。可是我幾乎沒有飛行的夢想，就像沒有過航行大海的渴望。

飛行後總是要著陸，航行的目的是前往終點吧。我更嚮往的是，只消窩在一個定點也能擁有終點的美好，無關偷懶，那必定是個令人湧現強烈歸屬感的地方。

在那樣的地方，我可以放肆地蝸居、衣衫不整，說錯話了，隨時可以再修正。不必飛，也可以感覺自由感覺遼闊。

好像也無關乎兒時家庭溫暖與否。很奇妙地，到了青春的年紀，對同儕支持的需求任誰都無法取代。好像一個屬於自己的朋友，一個與自己志趣相投的團體，一個能夠讓人有歸屬感的氣味，都會釋放一種巨大的存在感，足以包容落單的靈魂，讓寂寞的呼吸不至於惴惴不安。

記得是從高中開始，我就更意識到要打入一個團體的艱難。在那樣思慮倏忽、情緒稠密的年紀裡，連愛情是什麼都摸不清樣貌？最想要的，還是一個真心的朋友。

最好什麼話都可以攤開來說，誰也不怕得罪誰，能夠放心取暖，累了的時候有個肩膀靠，情誼很久很久。只是現實裡，我所擁有的友誼大抵都在一個階段後，便隨風而逝。再不然，就是淡淡的水紋，沒有波濤了。

因而我愈來愈不相信永恆，那些關於飛行關於航行，有著偌大領域的自由，彷彿是提供斷線的元兇。我寧願窩在一隅，像是兒時與家人可以鎮日足不出戶，就待在客廳伴著從早到晚永不打烊的電視。小小的空間裡，你在，他在，那麼我就在。

林語堂曾說：「當一個人漸漸成長，他就發展一種低飛的能力，而且理想主義被冷靜的、理智的常識所平衡。……這樣說來，現實主義是老年的特色，而理想主義是青年的特色。」他以希臘神話舉證歷歷，說：「年輕的伊加拉斯（Icarus）飛得那麼高，直到他的翅膀的臘熔化而墜海。而他的老父戴德拉斯（Daedalus）安全飛回祖家，但是他飛得很低。」幾乎不得不承認，我可能擁有初老的心態，總喜歡低空飛過，求一個安全，甚至不要飛行，在一個定點就好。

然而太空人在太空中不感覺孤單。望向地球時，那樣靜好的磁場，不知從何而來？是不是生命裡有某種可以憑藉可以依賴的人或物或地方，就會讓漂泊的人不再感覺漂泊？我想，有些人真是幸運，可能有一個這樣的朋友，有一個這樣的伴侶，有一個這樣可以自在窩居的定點，或者就是心裡有一個這樣的心安處。

巴舍拉（Gaston Bachelard）在《空間詩學》裡曾如此具體描摹出我所盼望的那種心安或靜定，他說：「角落是這樣的藏身處，它讓我們確認一種存有的初始特質：靜定感。這是一處讓我的靜定確切無虞、臨近顯現的地方。角落像是半個箱子，一半圍牆、一半門戶。」在這樣安全的天地裡，多麼靜謐，巴舍拉說那樣「會營造出一種靜定感，並且散發著這種靜定的氛圍。一個誕生於想像的房間會環繞著我們的身體而升起，身體因而以為當我們托庇於角落時就可以隱藏得萬無一失。」於是，我愈來愈喜歡找個角落待著，做為一種心安的憑藉。

哪怕是處在移動中的交通工具裡，能夠有一隅窗邊座位窩著，對我來說竟也有種藏身的靜定，悄悄地把水壺、面紙、細軟就著窗櫺排列好，一點點時間一點點窩居的安心。而我以為對太空人來說，那地球安安靜靜在宇宙一隅生機盎然地向他召喚著，他心裡必然是篤定地想像，飛行許久以後，終有一天我會回到這個角落的。倦鳥的巢，就是在那裡了。燈火闌珊處裡有伊人。

後來，朋友告訴我，「角落」讓他有陷入幽閉的恐懼，偌大的圖書館，他不走向僻靜角落，就是習慣落腳在閱覽室的正中央，四周一點屏障也沒有。不得已要搭乘交通工具時，他必不挑選窗邊座位，避免自己有被塞擠至角落的可能。我也才想起，有時在角落裡窩著，也會不甚安穩，怎麼也找不到適當的姿勢。

這麼說來，任何想要依賴的憑藉，終究是成住壞空。

往角落裡躲，也許不會是靜定的唯一憑藉了。就像我慣於藏身在圖書館的僻靜處，偶爾也會被因濕氣而沾染了霉味的書頁，弄得噴嚏連連，渾身不自在，連本來都放妥了準備用上一天的那些文具、杯子、禦寒衣物什麼的，一下子也都鬧起彆扭來，彷彿在小聲喧鬧著：「走吧走吧，不要再待在這裡了。」莫可奈何我只得又去尋覓下一個安身處。

於是何謂歸屬感，何謂猶如一片綠洲，何謂巨大的存在感，這樣的疑問這樣的嚮往我又帶在身上。有時為了尋找存在的歸屬，一下子白天就到了黑夜。

窗外是黑夜了，天空無雲無星。太空人在銀河裡的飛行，有天會低空飛回地球吧，我想。在那一天到來以前，就是相信那一天會到。是不是信念在，心也就在了？「只要望著她，心中就會湧現強烈的歸屬感」，這個「她」也是燈火闌珊處的伊人吧，而這個「伊人」或許是自己那漸次靜定的心。

靜定的心，心在哪裡，角落是不是就在那裡？那麼巴舍拉所謂的靜定角落，那樣像是半個箱子，有著一半圍牆、一半門戶的包覆和托庇，就不見得必是實然的空間了。

天亮了以後，我把一天要用的文具、杯子、面紙、書籍、禦寒衣物什麼的，還是悉數塞進包包裡，揹著行囊找一處可以窩踞的處所。必要時，也不那麼排斥遊牧了，行走和遷徙也是生活的一部分吧，讓心隨著當下的感覺走，好像空間也不那麼壓迫或局限，姿勢怎麼擺放多了一點彈性，像是太空人沒有了地心引力的牽制，反而有種輕盈的姿態。

朋友也是這樣吧，如果生命是座海洋、一紙星空，那點點繁星，也會隨著時令改變軌跡。潮起潮落，所謂歸屬也就不必然會落在哪一處浪頭上。是以單飛不遠，淡淡的水紋，變幻的雲裡，也有覓得現世安穩的可能。

我忽然有些明白，何以白居易在那樣仕途顛簸之時，說出了「我生本無鄉，心安是歸處」的心聲，那莫非就是法國詩人阿賀諾（Noël Arnaud）所謂的「我即是我所在的空間」。這麼一來，「只要望著她」，心裡有著這份篤定，「此心安處是吾鄉」會不會就是太空人在太空中不感覺孤單的祕訣了？

我走回架子旁，一排書背安安靜靜地，原本被抽出的位置還空洞著，一本書放回去剛好，像是巡行在外的太空船終究會著陸一樣，世界的運行不增不減，飛行許久，有一天我還是會回到這個角落的。

寂寞四種

寂寞是一條長河，我沿著河岸尋找說話的人，行軍似地向前走，乞討般巡遊街頭

其一・失語

有時候，必須得承認，自己真是一個人了。

手機拿了起來，滑過通訊上的每一個群組，點了進去又跳了出來，還能放心地跟誰說幾句話。點入通訊軟體，輸了文字還是欲言又止，最後仍然放棄按下送出鍵。

有時渴望著，累了就可以跟誰說說話，或者敲一下鍵盤就可以回收到彼端的幾個字，如果在一來一往間能夠有些許溫度的交換，我想寂寞就可以淡淡的了。只是連這樣的願望都覺得有點奢侈。

生命好像沒有自在到如果想念就可以說出來，有苦就能夠毫無節制地傾倒，有時就是得拿捏可不可以，或者應不應該，如果友誼還想要呼吸，我就不能占據你所有的天空。

在一個不知道還可以倚賴誰的世界裡，只能細細碎碎地秤著你我的重量，所謂的砝碼游移在天秤的兩端，大部分我寧願輕一點，讓你重一點，我可以少一些，讓你的快樂多一些，我可以沒有想法，願意循著你軌道走。你有你的，我有我的方向，偶爾可以有一點點交集，在你需要我的時候。不過，這樣的願望仍是太奢侈了。

一個沒有重量沒有想法的人，便是具空洞的靈魂了。要被這樣的魂魄附身，其實很是負擔，想想我也不是這樣有肩膀的人，如何能去期待別人背負這樣的沉重。我終究沒有在寂寞的時候，傾倒太多苦水。那些往深潭裡匯注的，也就更不可測的深，更難以度量的澎湃，即使潭面靜謐或者僅止於潺潺湲湲。

有時不太明白，何以關係裡的自己，經常都是倒影，曲終人散的時候，我也就跟著碎裂了。而我喜愛的寫作、研究或者教學，經常是寂寞的展演，自己對著自己說話。啊，那必定是我的教學方法有誤了。必定是我對關係付出還不夠熱忱。必定也是，我選擇了失語的自己。

還是想說說話的。

只怕說錯了，又會被丟回那個寂寞的源頭。寂寞是一條長河，我沿著河岸尋找說話的人，行軍似地向前走，乞討般巡遊街頭。走了一大段路之後，依然不知道還可以走到哪裡？有時真希望就這麼一直有路可以走，岔路不要，思考不要。

於是經常沒頭緒地忙碌著。一些事就往心裡藏，一會兒消化了就可以看似風平浪靜。像是深潭上幾隻天鵝划過之後，又是鏡面般無波無紋。

其二・誤解

那是最無奈而且無能為力的時候，當一個人選擇這樣看你，已經沒有挽回的餘地了。

我們以為解釋或者時間可以證明什麼，其實都是枉然。確實枉然，漿過的新衣裳，下水洗過就不會再是新的了。非常遺憾，誤解的殺傷力太強。

不禁要感嘆，如果友誼一場，何以輕易地容許些微間隙闖關，就這樣滲入你我心房裡，開始質疑起曾經信任或者喜愛的對方。

大部分時候，被誤解了，我們不禁要擊鼓喊冤，以為透過聲量便可以救贖被錯殺的靈魂。天聽終究是遙遠的，當彼端已經關起耳朵，心房充斥所謂的魔音，不論如何搖旗吶喊，我們也已經不再是未漿過的新衣了。

有時，會細細揣測著，是怎麼回事，那些被誤解而我們完全不自知的過程，像黑雲侵占一片明朗的天，光亮被一塊一塊蝕去的剎那，我在哪裡？他在哪裡？那片黑雲是怎麼突破心防、登堂入室的？他是如何被墨漬逐步浸染，終至滅頂，就這樣墮入永夜裡。

墮入永夜的，更可能是被誤解的此方。因為我們永遠不知道，什麼時候失去了明亮，沒有了光，是哪個地方出現了漏洞，讓黑足以滲入。暗夜裡看不見彼此，連解釋都無從解釋起。

然而，有跡可循，最是無奈。因為知道所以，以為無須解釋，你我都懂，也就不特別經營，像是飲啜一口咖啡，不經意落下的一滴在胸口，以為洗過就好，怎知有些汙漬就這樣侵入胸前的纖維裡。若沒有當下清洗，纖維裡就恆久地吃進這些不經意的點點滴滴了。有時，我也疑惑，即便當下清洗，那滴進胸膛裡的汙漬畢竟是滴下來了，洗過的心口，不會再是以前那個無瑕的新衣吧。

對方是怎麼選擇相信誤解，而不親自前來釋疑？這樣的忖度太令人傷神，有時小心翼翼想冰釋什麼，卻得到一張出乎意料迅速的表情，透露著無所謂沒關係不要緊的，然後我們知道，其實有所謂有關係根本已經要命地動搖彼此的信任了，只是彼此都不自覺。然後說話就少少的了。

那變成一種慢性中毒，你我在無聲的黑夜裡，靜靜敲打各自的鍵盤，一字一句都不是為你為我，只是我們在同一個空間裡，會照面，會聽見，會知道彼此腳步的方向。無法釋懷，因為我在乎你。

可是無能為力。

後來許多時候，我選擇不說不做，因為不確定時間能否證明什麼，自己就先退出這個場域了，你以為我喜歡孑然一身嗎？人性脆弱，遠超乎想像，有時不禁質疑，是自己太單純太執著，還是世界本是如此，自己實在識見不足。

時間能否證明什麼？當彼端選擇這樣看你的時候，我們終究要學會不奢望能挽回什麼。相遇在同一個空間裡，我們只能祝福對方偶爾記住彼此曾有過的白晝，然後相信自己其實沒有你想像的那麼糟。

其三・疏離

幼稚園念了四所，國小轉學三次，辦公室轉換四種，搬了六次家，曾經住進別人的家又搬出別人的家。最安心的時候，是碩班、博班都未曾脫離原來的大學，地主似的安然，彷彿自己很老很老了。

離開一個團體，投入下一個團體。我害怕聽見「歡迎加入我們」、「有空常回來看我們」那般帶著過分疏離的親暱。

如果我跟你也是平行的，何以不是你加入我的世界。而是我變成你或你們的一分子。「我們」兩個字，把「我」切割成永恆的外來者。

我要成為你們，必然的默契就是去貼合這個團體的調性了。事實是，如果我的步伐跟你一致，大概也是因為我本來就想這麼做，只是不小心剛好你我都先踏出了左腳，然後右腳也跟了上來吧。

很年輕的時候，喜歡一群人穿著班服系服營服，那是出自本然對這個團體的認同和喜愛，沒有人規定，我也甘心化為團體的一種顏色，一群人一樣的衣服，路上的偶遇不會有撞衫的困窘，反而像是失落的一角，化進屬於自己的色盤。

後來便是糊塗了，愈想化進大家的色盤裡，愈是發現自己的失落。有陣子喜歡看些回話的藝術、安慰的技巧、這麼說絕對不會錯、懂得傾聽到哪裡都行……諸如此類的書籍，聽說只要打開書櫃看看那個人都讀些什麼，大概就知道他缺乏的是什麼。

生活在「我們」裡，四周都是人，四周都是海，不是「我們」的「我」遂成一座孤島。有人說這叫做我執。無入而不自得的人，理應像庖丁的那柄鋒刃，以無厚入有間，游刃有餘。執念太厚，就輕盈不起來。

想起一次為妹妹的插畫寫了幾行文字：

寂寞的時候
我打電話給我自己
「喂，你那邊好嗎」
「我這邊很好」
左邊的耳朵對右邊的耳朵微笑

掛上電話
我抱起自己
感覺一切又風和日麗

那麼，在孤島裡學著傾聽那種自己擁抱自己的親暱，沒有誰融入誰，但問自己是否願意和自己在一起。所謂「以無厚入有間」，不知道可不可以從這裡開始？

其四・遺棄

青春的時候，偶爾揣想初吻是什麼滋味，千萬人之中我們何時會遇見，擁有自己的孩子多麼奧妙，抽屜裡一張奇幻清單，全是未來孩子可能擁有的名字。而今來到一座相處十年仍然陌生的城市，好像什麼都完成了，什麼都在進行式，卻又好像什麼都沒有經驗過，房間裡的各種日復一日地失序，過多的衣物彷彿知道這副身子太單薄。

有時我以為，我會逃離這座城市，逃離被遺棄的滋味，逃離那些迷了路忽然找不到出口的記憶。

那些時候我的腦子裡便不斷複誦著G告訴我的，關於她兒時被遺棄的故事。

媽媽帶著三姊弟去看電影，她說：「我去買票，你們在這裡等。」排隊的人潮進去了，排隊的人又散出來了，然後下雨。三個淚人兒在雨中等著媽媽，那盼望的身影在一場電影的來去間再沒出現過，弟弟哭得不知是淚是汗是雨，她只記得嘴裡吃進又鹹又苦的滋味。

住在一起時，G幫我檢視論文架構，帶著批判而建設的睿智。在颱風天裡就是堅持離開溫暖的居室步行去超市買儲糧。後來就自己一個人飛去異國攻讀博士，不知道是不是兒時過早的孤絕，讓她走進心理學的世界。

我也曾失去過什麼嗎？G提起過去淚水崩堤的時候，為什麼我的眼底也是雨天？我不是她，未曾有過那樣的波濤。然而，被遺棄的滋味可以是很輕微的開始，受傷的程度總也因為自己的敏銳而變得格外沉重。

我因而害怕看見迷路找不到媽媽的孩子，忽然之間失去可以牽手的人，四周很吵可是沒有聲音，世界真空般抽乾了，所有的人都成了快轉的默劇。

要教會一個孩子在走失的時候，站在原地不動，等待大人回頭尋找，多難。靜止不動無異是與流沙一起滅頂。然而，不小心遺失孩子的大人們還是會回頭去找孩子吧，可是有些人卻是一去不回頭。

像是情感中尚未承諾就消失的那些，承諾了還是遺棄了的那些，都如某種戲謔，一下子就讓天地變得巨大空洞，像隻狂妄的獸鋪天蓋地對我們襲來，逼得我們四處竄逃卻無處可逃。也許是他帶著她前來，也許是他再不曾出現，也許是自己已找不回那個亡失的自己，於是那些被遺棄的感覺，經常與還來不及擁有，在同一個時空交撞然後崩裂。記得曾經走在一條小徑上，走了許久沒有終點，滿臉淚水哭得難看，彷彿要把一世紀的傷心流乾。

不知道後來G是否回頭找過媽媽？還是她一直允諾著待在原地盼望媽媽回來找她？也許G從來沒有過媽媽。

被遺棄的時候，我便是這樣想著我從來沒有擁有過什麼。不曾擁有，便不會失去，遺棄與被遺棄也就無從成立。

這樣算不算鴕鳥一種？我又想起了十六歲的自己，被選入田徑隊見習的那些日子，在市立體育場看見壯碩的國中女生，她彷彿一隻手臂便可頂天立地而我是地上一粒沙。決定退還隊服和背號給教練的那一個下午，我宛如走失的孩子，被自己的怯弱給遺棄。

走在田徑場上，看著仍繼續往跑道另一端邁去的背影，她們離我愈來愈遠了。好像明白了什麼，是不是躲進洞裡或不斷逃離，自己被自己遺棄的瞬間，才是最寂寞的時刻？

貳夢

> 我要再次入夢，一身是膽，女人不必，看我單打獨鬥，一拳就
> 打趴那截發霉陽痿的鰻

弗洛伊德（Sigmund Freud）說夢是企求一種願望的滿足。他也引了斯特克爾（Wilhelm Stekel）的話證實夢中情感的意義：「夢並不僅僅是幻覺。例如，如果一個人說在夢中很害怕強盜，強盜的確是想像的，但是恐懼卻是真實的。」企求意味著願望的未遂，然而夢中的精神與清醒生活的精神，卻會在某種潛意識的狀態裡間或完成一些壯舉。

記錄兩個夢，性質為惡，過了幾日，再度翻閱弗洛依德《夢的解析》時，忽然看見了這句話：「在夢的結尾，我非常愉快，並繼續相信郝種在清醒生活中認為荒謬的可能性，即存在著僅因願望就可以被消滅的亡魂。」

其一・夢碎

夢見一只玻璃罐從冰箱裡滑落下來，拿取的人沒有留意。我想救援可是來不及。

然後就是永無止境地掃，那些碎玻璃片逃逸在遠方，隱匿在不經意處，隨時有暗殺人的可能。我拿著掃把，掀開任何遮蔽，機械式地掃一直掃不停地掃。經常在夢裡反覆做些徒勞無功沒有盡頭的事，大抵現實生活裡這樣的挫敗總是毫不留情地襲擊而來吧。

掃不完的玻璃碎片，夢境原來有觸覺。嵌入指頭隱約知道痛點何在，想取出卻不知從何找起，好像就是在那裡了，依稀也看見一點透亮一點尖銳一點可能逃逸的方向，卻還是莫可奈何讓他投機似也地潛在皮下組織裡，也或許根本就已經傷及肉身了。

掃不完的玻璃碎片，我竟也沒有喊累。就是認命地搜尋著，那些不討喜的細瑣深植在各個角落像猛烈繁殖的菌種，或某種瘋傳的疫情。

一些不經意，後果便是如此不堪了。

於是面對許多不可逆的剎那，令人感到愈來愈畏怯，好像一個不留神，就是所謂的一失足成千古恨。哪怕是一丁點殘餘的碎片都得理不饒人，彷彿要在我的身體裡嵌入鐵律，告誡我早知如此何必當初。

不再那麼勇敢，大概是這樣長期的制約吧。暴衝受了傷，之後就不得不學會急踩煞車，然而煞住了，卻沒有「好險」的快感。倒是過了許久，沒有清除乾淨的碎片一個不留神又跳出來咬住肉身，仍然會有某種警示作用，警示著我小心翼翼、動作輕一點再輕一點，隨時輕輕含著煞車片，隨時準備接住掉下來的玻璃罐。

只是，那樣的小心翼翼，隨時要煞車的謹慎，有時比掃除玻璃碎片比被玻璃碎片刺痛，更要惱人更要折騰。像是闖進密室撞見交織密布的雷射光束，十萬謹慎彎腰閃躲以免觸動警鈴，迂迴費解的話語，拐彎抹角的臉色，一場夢好累。

夢醒之前，還是掃不完的玻璃碎片。掀開任何一處，就又是一窩惱人的細屑。我沒有太累或者煩，就是掃。然後又翻掀一處，再掃。手中的掃把大概比藏匿四處的玻璃碎片還要執拗吧。

每掃進一批，叮叮噹噹窸窸窣窣的，竟然就有了某種降伏群魔的快感。迷濛之中，我也忘了，這種快感是在夢裡，還是在夢外。

其二・夢獸

又出現了。眼前一張碎念的嘴。

一直說話一直說話，不斷地講不放棄地講至死方休地講，一張嘴，一張彈性好到極致像括約肌再世的嘴，可以放大再放大無限地放大，吞了又吐吐了又吞，直到霸住整個視線，夢中人被逼得只能目睹惡臭的喉腔深處，有舌根劇烈蠕動，那是一截發瘋的鰻，全面電擊我的眼、我的耳、我的髮，還有那早已焦爛的腦顳葉，十萬伏特十萬火急。

像夢，持續出現，有一到兩年之久，一成不變的停格，總是落在傷口來不及結痂的那一刻。夜半，驚醒，怖懼地收拾異常加速的心跳，渾身是汗。妖在被子裡穿梭，有影子有足跡有令人發慌的呼吸，無意抓怪，夢中人隨時準備竄逃。不是夢，如此周期；是夢，一切太跳痛。

白日那些沙文強權自以為的理所當然，經常壓迫得令人不得不就範，那個令人厭倦至極的年代，東方不敗的妖怪。然而，終究是負了傷無處可藏，無奈連做夢也得被追緝。

今夜值得慶祝了，又是那張碎念的嘴，一樣的嘮叨，一樣的收縮放大收縮再放大，一樣發了狂劇烈掃射那十萬伏特的螫死人不償命。有汗有心跳有令人發慌的呼吸，不再竄逃。

理應值得慶祝了，在來了那個女人以後。

畫面中的女人強悍沒有形貌，一記閃出，出拳就打趴那個人，有張碎念嘴臉的那個人。夢是如此荒唐沒有瑕疵，鼻梁馬上歪去，滿臉的血只有一個流向，不斷匯入那無底洞的嘴，漩渦愈漩愈微渺，是滴管裡的世界，指尖處的沙。

碎念的人瑟縮成仰躺的小嬰兒了，失去說話能力，一圈章魚嘴慌亂地嚎啕大哭，短手短腳揮舞著活像隻翻面的烏龜，可笑自不在話下。

爽快至極，即使正義遲來。可以慶祝，可以夢醒了。就在夢醒的前一秒，我清楚看見小嬰兒身上一只萎縮的陽具。異常的停格，驚醒，摀著心跳，依然有汗。禁不住掩面哭泣。

不是贏了嗎？夢裡已經完成一項壯闊的平衡，在那個女人來了以後，在那人軟趴成嬰兒，失語失禁失去俐落，無所謂殺傷力，終以萎弱宣告投降的那一刻。

然而，沒有太多勝利的喜悅，一種沒由來的哀傷襲擊而來。是心疼那個充當代打演員的無辜嬰兒？或者現實太長，而夢境太短？還是心裡不承認有現實，也就無所謂夢境的存在？怕是傷痕累累，即使是短暫的勝利也無法拯救曾被螫得焦爛的彼刻。

沒有修復的傷口啊，是一頭突襲但終究過氣的獸。清醒之後依然信奉著荒謬。企求然而未遂，就是不服氣。

誰規定要走你的路，去你的，那不斷放大的口器。我要再次入夢，一身是膽，女人不必，看我單打獨鬥，一拳就打趴那截發霉陽痿的鰻。

經常，火車駛來

耳裡有士兵銜枚疾走，指尖也不住淅瀝顫抖。惴惴不安，萬頭攢動，在血液裡，在四肢裡，在崩壞的軀殼裡，在每一樁事發當下的此時此刻裡

啊親愛的
沒由來的，怎麼
一列火車又撞進你的胸膛
駛在肋骨鋪成的鐵軌上
心在竄逃
碎石子過於刺耳
連風景都在顫抖
是那節急速失溫的車廂

踩著空洞，隨時有
墜落的可能
我不住吐了一地內臟
慌忙捧起
想拼成心的形狀
卻找不到
可以安置的方向

詩無題，正如哀傷無以名狀。有些情緒來得突然，其實恰是規律。規律得不尋常，不知道算不算弔詭。因為兒時夢裡的巨大火車，在長大後的夢醒時分也會堂而皇之撞進現實來。

十歲的年紀，我的夢境開始有列巨大火車駛來，迎面壓過小小身子，沒有痛覺沒有見血沒有死亡，一逕地喘，胸口很緊，張力過大快要爆裂。

持續太久的夢遊和夜裡奔至父母床前的驚慌哭泣，使得父母不得不四處打聽，最後領著我踏進廟裡。坐在圓凳上，像是收驚吧，我帶去的一件外衣包覆著一杯白米，冉冉升起煙霧的線香，在我面前點了幾下。回到家，一盆水放在大理石地板上，冰涼涼的，母親點火將幾帖符燒了，丟進水裡。我喝了一口符水，剩下的用毛巾沾濕了，往身上拍打說是淨身。連著三天這樣做，巨大火車就駛往別處了，千真萬確。

母親還遞給我一只翠綠的方形玉珮，一面圖案是隻蹲坐的狗，我直覺那是一隻黑狗。另一面繞著紅色繩子紮著摺疊的符。我因為喜歡狗，也就喜歡起這個玉珮。掛在脖子上好多年，直到有一天玉珮碎裂了。我收進抽屜裡，久了也忘了藏到哪裡了。

然後，不確定在什麼時間點的長大後，在某些醒著的日常裡，也會忽然感覺一列火車要迎面撞來，然而我不會被火車輾過了，彼時我清楚知道自己儼然是一節急速的車廂，手腳不自覺地加快動作，大腦則下意識地警醒手腳不可以超速，所有的戲，都在無外顯行為的畫面下一瞬間發生。你看見的我，會是一節正常行駛的車廂，沒有超速的跡象，也就無所謂減速的企圖。

可是我心裡明白，那樣的感覺真實存在，耳裡有士兵銜枚疾走，指尖也不住淅瀝顫抖。惴惴不安，萬頭攢動，在血液裡，在四肢裡，在崩壞的軀殼裡，在每一樁事發當下的此時此刻裡。

火車終究沒有墜落，正如我看來終究沒有失常。只是心還可以安置在哪個方向？

我老是做著喘不過氣的夢，孤單至極的夢，沒有終點的夢。醒來也就是醒來，稍微慶幸那只是夢。日子還是得過。

經常，必須深深地吐一口氣。如果生命也不過就是湊合在一吐一吸間，那麼我多麼希望可以輕輕地、緩緩地、放心地走路和呼吸。

而我是如此意志堅定地走路和呼吸。

於是再沒踏進廟裡向師父訴說這樣的事，沒有符水，或者淨身。偶爾撞見那列火車，索性就不去跑給火車追，跟著往前走吧，邊走邊調勻，所謂呼吸，就在一吸一吐間，就在左手右手的擺動間，就在步履一前一後間，偶爾很喘就任它很喘。

不再抗拒的時候，一個不注意會發現，火車就轉向了。

然而火車轉向了，剩下的空洞的那副，是魂還是體？好像懸在那裡，一種沒由來的失落，如永遠飄盪在空中的棉絮，不斷地翻飛，不斷地翻飛。又該飛向哪裡去？

C告訴我，跟著火車一起進入那座圖書館吧。一次讓C知道在閉館時播著德布西（Achille-Claude Debussy）《月光》的那一座圖書館裡，我曾感覺如此靜好，C便要我在火車駛來時，順著火車的方向走，一起駛入館內那喜歡的樓層，找到那處習慣的座位。

四周也許不是那麼靜謐，有人走動，有人翻書，有人輕嚙著耳鬢私語。可是我將安靜地坐在這個位置上，直到德布西的《月光》喚醒書中的我，我像是一隻被牧羊人輕柔驅趕的羊，沒有害怕，知道方向，隱身在羊群中一起溫馴地往出口走去。

然後就是一片遠處灑下來的月光，羊兒各自去了，地板上側躺幾隻準備入睡的流浪狗，如山丘起伏的腹部仰著鼻息，我直覺那是黑狗。想起那些年貼在我的頸項間，冰涼如月光，魔法般地趨走火車的那只玉珮。黑狗是如此忠心耿耿。

我依然在走路、在呼吸，月光所及踩起來都是這麼輕軟，輕軟得連呼吸都很溫馴。

火車偶爾還是駛來，親愛的C，我將帶著火車走，一起駛進有著德布西《月光》的那座圖書館裡，那裡有我的座位，有我的角落，得以暫且收容我那好不容易拼湊好的破裂的心。

一眨眼

人與人的相遇何嘗不是如此，因緣聚散，無常是常。即便，我還是怕散、怕黑、怕寂寞

親愛的R：

如果我在文章的開頭就寫上「子曰：『君子以文會友，以友輔仁』」，你會不會皺眉說拜託？你是如此不羈，我是如此斟酌，暫時能想到的就是這樣以文會友的形容，或許你會有更好的解釋。

有時這樣揣想，我們的人生其實是一步步邁向遇見對方的路途上。像是閱讀一部《福爾摩斯》，真相大白之後，再回頭去抽絲剝繭，才會發現一切都是有跡可循。有跡可循到幾近於命中注定，好似賈寶玉在上了封條的櫥櫃中取出的冊子，生命的結局儼然早已寫好，神正端坐著準備以一種閱視的角度，慈愛地觀看這些子民們如何演繹祂精心布局的人生。

如果真是這樣，我們也就毋須去抵抗生命中任何難以抗拒的安排了，有時這樣一想，竟為自己信奉的宿命論感到荒唐可笑，但又覺得這樣也好，生活所發生的一切都是有意識的狀態，所謂善所謂惡，不會是眼前這麼化約而已。

人與人的相遇何嘗不是如此，因緣聚散，無常是常。即便，我還是怕散、怕黑、怕寂寞。

怕寂寞的人終究是要學會面對寂寞的，就像黑夜每日必然迫降，離別終會到來。我還不夠強壯不夠有慧根，是以能夠聚的時候，我只能一點一滴地在乎起來。

生活就是這樣吧，緊湊得有時連友誼都被壓縮了，所幸可以隱在空中交換關於詩的密碼，似也得到一種天地容許的寬慰。

一次你丟出「上闋」，我在另一個時空拼湊出「下闋」，就只是一頓午餐的時間。平行的宇宙，心念就是銀河上的鵲橋。

如果說，你解放了我那窄仄的胸口，讓光照進胸膛，那麼確實只消一眨眼，那些人世間種種足以壓垮駱駝背上最後一根稻草的東西，也終將不足為道。我彼刻想著，是不是持一種「說大人則藐之」的決絕，有時一些天地大的苦痛，也會有在眼底微不足道的可能，像是一顆閃過頭頂的隕石，終究只是閃過，縱使撞擊了胸膛，也會在缺口處發現一道稀有金屬的微光。

此刻，心裡揣測大抵你依著「小至大」的脈絡，那麼我就來玩味「大至小」的邏輯，如果你看見了「人間」眾相之苦，那麼我經常的苦澀就只是微渺的「一己」。

那些關於黝暗、黑洞、大如隕石的憂愁苦惱，因為有你提著一盞燈，讓生命有了些方向，我很謝謝你，讀出那麼隱微的一些關於在失落中追尋，在孤獨裡生存的意志。我們都知道，痛苦並不會消失，在睜一隻眼閉一隻眼的日常裡，只是剪碎它，不讓它壯大，不讓它完整得足以擊垮那時的自己。

你不會喜歡睜一隻眼閉一隻眼的說法吧，我想。那比較適合我這樣的鴕鳥，但能有智慧去適切判斷該栽進洞裡的時機，對我來說已是天地大的進步了。

我喜歡眼睫交剪之際，就可以看見那人卻在燈火闌珊處，再大的苦難總有伊人頂著。有時，我明白，自己也得是那個伊人。

這樣的友誼，有詩為證：

你一眨眼
心遂大如宇宙
最黝暗處也有

星光燦爛
你的眼睫交剪
剪碎了人間憂愁苦惱

你一眨眼
洪荒便成草芥
再大的隕石終將
灰飛煙滅

你的瞳孔閃爍
閃爍著我胸口一處
悠邈黑洞

後來想想，總應有題，若每次都是無題，非但不見李商隱的幽微，只會暴露自己的不知所措。我說詩題就是「眨眼」吧，你在最前面加了個「一」，道「這樣才有電光石火的感覺」。然後，我們都笑了。

輯四　星空和微風裡的事

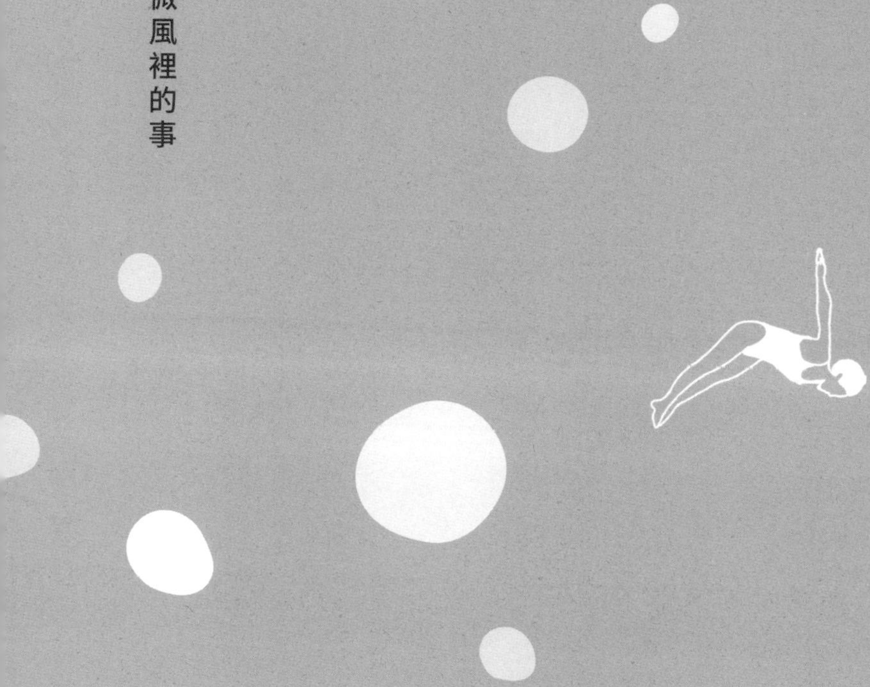

瘤

鋤頭往太陽穴裡反覆翻攪，潤潤潤潤，在雨後微濕的泥土裡，
記憶中黃雨鞋踩進水窪的，趴噠趴噠

蟄伏在我右邊太陽穴裡的，是一顆會長大的瘤。

現在，是一道疤了，像拉鍊，所有的曾經都縫合了起來。我不確定會不會哪天，同樣的地方可能又孵出一顆，那些令人心驚的切割、掏挖和流淌是不是又要再來一次。

大概有三年，這瘤潛藏著，隨著時間有變大的跡象，從石榴子變成花生仁，有柔軟有彈性有時跳動著令人懷疑它有生命，太陽穴的凹巢適合孵育有生命的蛋嗎，不想、不想隆起而粟，最後大盈握，痛若剟刺，那些方文正公以指為喻所戒慎的慮不周行不果。所幸不痛不癢，一直以來。突起的時候只消按壓一下，就會乖乖地沉入水底，像頭馴化的鯨。

平時不太有人看見，我讓瀏海粉飾太平。風起的時候，最難為情，一粒突起就在愛

美的臉上，明顯的地標，總是引起詢問。看過的人，經常帶著悲憫關心那是什麼，痛不痛，會不會變大，有沒有看醫生，還好不明顯可以用頭髮遮住。然而，還是看見了不是嗎？而且會痛了，就在這顆瘤留在我身上的最後幾個月。

那種小小的心臟的抽痛，是乳鴿輕齧著我的太陽穴吧，不像啄木鳥這麼直白。皮膚科醫生說像皮下脂肪囊腫，中醫師說是不知名的肉瘤，小兒科醫生說八成是脂肪瘤，整形外科醫生掐著凹巢說長得很深是骨瘤，髮型設計師仔細端詳後告訴我，應該是爆青筋啦。除了髮型設計師好像看穿我難以根治的狂飆外，醫生們的結論都傾向是良性的，可以遮住的，不過除掉後還是有機率春風吹又生。乾脆大一點會痛再說。

我與同事交換著關於瘤的記憶，那些打類固醇讓瘤消去，按摩久了就會不見，其實留著也無妨云云，許多他人經驗愈聽愈徬徨，像是即將臨盆的孕婦，不斷詢問要不要打無痛，自然產會不會很痛，怎麼樣的痛，第二胎是不是就比較不痛了。多問只是多惶恐，更多揣測的顫慄。命運煞是奇妙，往往愈害怕的事，就愈是會發生。合是壯士斷腕的時候了，該來的還是得面對。心頭一橫咬緊牙關，找了家醫院問了診，馬上預約隔周開刀，毫不猶豫。

回到家，才忽然懊惱衝動感到害怕，想及手術室那種可能充滿藥味、儀器和死亡的冰冷，還有醫生說的太陽穴皮下三叉神經是對痛覺最敏感的腦神經，要有痛楚的準備，不禁就打起哆嗦，總是怕痛作祟。從來就怕痛，哪堪一點點的傷都要呼天搶地，是父母口中的惜皮，小時候護士追著我打針，嚎啕哭聲震響整個騎樓的情景，好像都有印象，連醫生叫什麼名字，診所的格局，和護士哄我一個不注意就拿出針筒來的慧黠，都好鮮明。明知他們會擔心又不想讓他們擔心，我還是忍不住讓遠在另一個城市的父母知道我某天要開刀除掉這顆瘤。

想取暖，但不敢貪索。誰不渴望磅礡洶湧的愛，但愛多了，怕是負擔，愛我的人的負擔。父母開始交代，要找人陪不然他們就北上陪我去，術後要坐計程車，不要開車，不要走路，不要上課了回去喝魚湯，還是要不要現在就熬個魚湯馬上幫我寄來。我在電話的一端直搖頭，門診刀而已，醫生說良性的，小小開口，半小時會搞定，我去就好，可以回去上課呢，安啦醫院在學校附近，魚湯簡單自己會煮。一派輕鬆。

其實，我心裡有一百萬個恐懼的想像：在手術中可能瘤爆掉大失血；愈掘愈深，臉竟然去掉一角；誤觸動脈挖到噴泉，白袍瞬間滿江紅；如果截掉視神經，那我的嚎啕哭聲絕對不只是震響整個騎樓而已；可能麻藥退不了，永遠變成一株植物；或者麻藥退了，顏面神經卻廢了，剩下驚怖的半邊人生；太陽穴下的顳葉斷了線，所有面孔的辨識都失憶成一模一樣的白紙；又閃過武俠小說裡「一法打太陽，拳中倒地下」的粗暴，我會當場昏厥過去嗎；縫線粗魯地吃進肉裡，紫紅蚯蚓的記號在風吹來的時候又成為另一座明顯的地標；還有化驗出來萬一是惡性的，我要怎麼交代親愛的人我那未走完的路……

有時不是那麼怕死，但怕痛怕走歪的想像，近似於凌遲式的處決。

那些該有的手續和表格還是完成了，呆望著手術室門口，就等護士喚一聲我的名字。前面序號的男子，右頰一顆太明顯了，像個雞卵，不小心想到一位節目製作人也曾有過這樣的瘤，他的笑話有點低級可是很有哏；又想及《世說》裡王藍田食雞子，那樣夾不起來氣憤擲地，踩爛不成惱怒瞋甚，還齧破吐之，他不怕有一天雞子魂化為頰上瘤，然後這一世就成了我眼前這位等待手術的男子嗎？不自覺就笑了出來，腦中這些奇詭的畫面。陪伴男子的女人，不是他的妻或女友，因為她接起手機時告訴來話的人說她正在陪一個朋友開刀。兩人的互動，熟練不算親密，不確定是什麼樣的友好關係可以陪伴一個異性朋友來到醫院，替他辦妥所有細節，等待時講著生意，末了還攙著他離去。

他離去，就換我了。

就一個人，包包細軟都拎了進去，護士為它們安了個位置。一些該有的衣物和替換都妥當後，進了一道門，彷彿命運就交給天。可能也沒那麼可怕，在進那一道門之前，我盯著旁邊的休息室，上面躺了幾位麻藥未全退的病患，家屬陪著，護士說妳不用那樣，等下可以在外面坐一下就直接回家。

躺在架上，空中漂浮著冷得令人發慌的氣味，想起柯慈（John Maxwell Coetzee）在《屈辱》裡的安排，小說的結尾，離了婚在愛欲中浮沉的教授大衛，因為越界而付出許多代價，他持續寫著可能永遠沒人會聽的拜倫歌劇，淪落到協助處理動物的安樂死，狗被抬上手術台，「在那裡聞著那仍舊瀰漫不散的混合複雜氣味，包括牠這一輩子沒有聞過的一種：斷氣的氣味，那被釋放的靈魂瞬間發出的輕淡氣味……」而此刻，我像是被架進小說，不情願地橫在這混合著複雜氣味的冰冷手術台上。

醫生的助手為我拭去未卸乾淨的妝，然後整臉抹過酒精，空氣裡的嗅覺更加複雜，不敢去想斷氣的味道。醫生來了後，我忽然意識到牆上的鐘一分一秒都在撞擊自己的心跳，他輕聲喚著：「要開始囉！」唉，別說，寧可一個恍神，就說結束了恭喜妳。

一聲開始囉，利刃劃開，謹慎俐落。怕是女媧煉石也無法彌補的天裂，在那湛湛青空悠悠白雲兩顆義大利柏樹間。不會，不想，牆上的鐘盡責地走。

鋤頭往太陽穴裡反覆翻攪，潤潤潤潤，在雨後微濕的泥土裡，記憶中黃雨鞋踩進水漥的，趴噠趴噠。我感覺，換了一隻耙，深植的是蘿蔔、蕪菁或者其他，拔不出來嘿喲嘿喲。耳邊絮語淨是專業術語的交換，更多的是那掏挖太久的，趴噠趴噠。

太陽穴順著醫生的力道，搖晃拉扯，大地跟著傾斜，地球就要翻覆了。末日的眼前，出現一幕幕熟悉的隱喻，封印熱食的保鮮盒蓋，洗碗槽底的黑色塞子，陳年軟木在美酒瓶口，想著盒蓋、塞子和軟木奮力拔出後，必是轟轟烈烈，肚破腸流，像那年智齒隨著鉗子之後豐沛冒出的血泉濺灑白袍，不輸竇娥的冤屈。

啊不。痛。

我感覺痛，是非紛擾不是早已麻痺怎又無預警重重一擊。太深了，那種下的根，盤踞著神經。痛覺，全面，與記憶接軌。我請求醫生給我一劑再多一劑，可以一劑又一劑，我願無晴只要無風也無雨，連快樂都可以忘記。

全世界都安靜了。

所有的切割和掏挖都與我無涉，拉扯的是件雲裳。輕輕密密地縫，縫給那一位貪戀在人間戲水，忘了回去的仙。但覺冰涼的些許地下水軟膩地淌著。蜿蜒在眼尾，在耳際，在嘴角，在每一處需要安息的深谷，到底了，結束了沒。嗅覺猶有腥味。

光線轉弱，該是日入而息的時候。牆上的分針轉了一圈，醫生輕聲說著：「取出囉，好深，血流不少」，離去不久又返回，秀了一個像是以前裝著底片膠捲的透明罐子給我看，隱形眼鏡剝下了，看不清楚呢，水裡載浮載沉的是顆紅寶石嗎？抑或紅石榴？不太平整是咬過的雷根糖？

「要送化驗，下次回診拆線看報告」，鋤頭挖到什麼我已無心，請悄悄運走它吧，毋須韞櫝而藏，不必善價，直接奉送。或者銷毀，我感覺，那是夾竹桃子，而且有毒，曾經隱隱作痛，像是一顆隨時要迸裂的瘤。

離開那道門了，望著鏡中的自己，地面縫了四針，聽說地底也有三針，拉鍊一樣，因為麻醉劑量大，右上臉浮腫如屍首泡過福馬林，債債相逼，那邊取得一些，這邊總得償還一點，所幸都是一時。步行到醫院附設的藥局，想買醫生交代的滅菌人工皮，遇見適才臉上曾有顆雞卵的那位男子，女人也在比較買哪個牌子好，噢，我以為他們早已離開。那麼，我在手術室時，他們就在手術室外，恍惚間覺得他們是伴著我來。

麻藥退了，開始脹痛，流膿的日子有點長。我寫了文，安慰自己。做成ppt分享給學生，也算是向她們報告，我一連幾周的某一天的某一兩節課都請代課老師的原因。事後才做解釋，大抵是我做事的慣性吧。女孩們邊看著我解說，一面扭著自己的衣服或揪著左右同學的手，彷彿千刀萬剮都落在她們青春的臉上。一位學生下課後，跟我要了份ppt紙本，告訴我老師妳好勇敢。

好勇敢。勇敢的夜裡，我夢見自己腹脹如蛙。一刀爆破，湧出一窩腹肥如卵的蜘蛛，成千上萬，瞬間竄逃。全面啃噬我的髮、我的臉、我的胸膛、我的腹腔，還有動彈不得的四肢。四肢就釘在手術台上，是那張混合著複雜氣味的冰冷手術台。受盡屈辱的醫生大衛，操著鋤頭，反覆偵測可以下手的地方。助手是那位女人，攙著臉上原有一顆雞卵的男子離去的那個女人，此刻猙獰地，硬是往我臉上扯下一塊皮，轉身對男子說：「哪，我挑好了，滅菌人工皮。」我的嚎啕大哭震破蜘蛛肥碩的腹，又是一整窩春風吹又生的新生命，帶著砰砰的心跳，再次嚙咬我的肉身，吮我的血，啃我逃亡的魂。拜倫歌劇上演，唱出失去半隻耳朵的大衛所受盡的無盡屈辱，我聽我受我都懂但請為我釋放一曲生命的謳歌，別忘給我一劑再一劑，一劑又一劑，無晴無風也無雨。

全世界都安靜了。呼吸裡盡是福馬林，一種斷氣的氣味。一派輕鬆。

光線亮了起來，窗簾間隙射進的一道。闖進浴室，鏡子裡反射完整的自己。完美，是無間的縫合，長不大的蚯蚓覆著血管瘤曾蟄伏的穴。微微的，彷彿什麼都，沒有發生過。

那樣的企盼

我總會忍不住貪心地多看一眼，想知道那企盼的眼神在千萬人之中，與要尋覓的伊人電光交會的剎那，流閃出來的喜悅是什麼樣子

近把個月，小病不斷，先是燒，疑似流感，併發眼疾，轉而久咳。

依照醫囑吃得太過清淡，我不禁在電話中向父母唉了幾聲，說很想吃油油的滷肉飯。

不消三天，超級行動派的他們，一聲不響，正中午就從外縣市直接開車親送分裝好的兩大箱自己做的熟食，來到校門口。

經常，在中午時間，會看見校門口的學生家長戴著安全帽，倚在機車旁，提著餐袋，虔誠地望向校園裡鐘響後游走出來的女孩。我總會忍不住貪心地多看一眼，想知道那企盼的眼神在千萬人之中，與要尋覓的伊人電光交會的剎那，流閃出來的喜悅是什麼樣子。

彷彿，我可以一遍又一遍地複習，中學六年來，母親為我送了一日又一日的便當，

菜色總是整整齊齊，蝦子一定剝好。那樣美好單純的曾經。

那天的我，竟是與學生一起擠在校門口領取從父母手上遞過來的溫飽。恍惚間，以為自己應該要走回教室，打開剛做好的便當，吃完就要趴著午睡。

對於我早把行程塞滿，沒能與他們好好午餐，當晚我就愧疚得在電話中向妹妹告解，想不到她倒也善解人意地解釋著：「沒關係啦！我覺得他們一心就是只想把東西拿給妳，這樣他們就很開心了。」

我就相信了。父母開車回去前的鬥嘴還猶言在耳，想也可愛。

「就佮你講，愛敲電話講一聲，伊真無閒，時間會亂去。」

「哪有要緊，就物件送來，一時仔爾，免遮爾費氣。」

然後一邊交代哪一樣要冷藏，哪一樣要冷凍，那些放學校當午餐吃，這些放在家溫熱就可食用。車門關上時，母親遞了一顆白煮土雞蛋給我，還是溫的。

前陣子父親曾說，放養在網室菜園裡的雞隻遭到野狗攻擊，他進去驅趕時，雞群像是被欺負的孩子急著藏到父親的背後和肩上，野狗逃跑了，但雞隻泰半負傷，幾隻喉部扭斷、羽翼凌亂。父親說以後不養了，毋甘，隨即便望著遠方流露出我自小就熟悉的凝肅眼神。相較起來，母親卻是愛美有點灑脫無論年紀如何永遠帶點小女孩的任性。以前總是忍不住跟父親同聲同氣，希望母親可以不要亂買衣服亂花錢，行為舉止成熟點；現在倒是跟著母親站在同一陣線了，父親太柔軟良善，反倒容易感時傷逝，相信各種偏方。

土雞蛋遞到我手裡時，父親便是這樣握著方向盤望著前方一言不發，我還記得他曾告訴我雞隻養久了就像自己的孩子，野狗好兇狠哪，那次棲到他肩上的那些雞有多依賴他的庇護。不知道這顆土雞蛋是不是最後一批了？我忽然珍惜起這樣的溫度來。

住在不同的城市裡，一些緣故不能自在地見面，我們也就學會讓愛急速冷凍，冰箱裡一陣子總要餵滿一包包分量拿捏得恰恰好母親覺得我和孩子會喜歡的東西，她總說：「按呢做，爸爸也很歡喜。」

母親大概喜歡練習寫字吧，冷凍包裝外總會附上一張又一張的短箋，叨念著：「滷蛋和五香豆乾只能冷藏不能冷凍」、「牛肉冰冰的也可以吃，牛肉湯汁加熱淋上去就可以」、「豬肚湯解凍前一天放到冰箱要用盤子裝著，才不會滴得整個冰箱都是」、「雪蛤記得加溫才能給小孩喝」、「透抽解凍後川燙就可以切片沾醬吃」、「鱈魚蒸好記得在盤子上挑一挑，小孩才不會被刺到」、「九尾雞給小孩喝很開脾」、「四神豬肚湯大人小孩都可喝」、「地瓜葉都處理好了，洗一洗川燙水滾再放或炒蒜頭都可」、「虱目魚骨湯可加味噌豆腐青菜或菇類」、「豬心湯電鍋加熱加一點鹽巴」、「羊肉爐的湯肉是分開的，要吃時加熱後放一起」、「蝦子是熟的要吃時退冰就行」、「番茄汁是自己田裡摘的再下去熬半個小時，退冰可直接當果汁喝」、「這一包鱸魚湯比較濃要再稀釋」、「米糕喜歡吃甜就加一點糖拌一下再加熱」……

短箋裡偶爾也帶點人物進來，像是：「茶葉蛋冰冰的就可以吃，是姑婆滷的」、「鴨蔥油和饅頭，是珊珊做的」、「玉米和樹薯很甜，是叔叔種的」、「雞腳凍可以退冰直接吃，是大舅舅買的」、「干貝是生的蒸了之後加薑絲加蠔油都行，是台南阿姑送的」、「芒果青是小舅舅交代要給妳的」……

退休後正一步步實踐歸園田居夢的父親，偶爾透過Line說他們寄了一箱自產蔬菜給我，在全台籠罩於食安風暴的日子裡，我真實感受到的是父母寄來的一份信賴。而每逢自家田地的收成有餘裕或向友人的果園訂禮盒時，總也不忘為我的朋友、同事或師長多準備一點。

每當課堂上為學生介紹著林文月《飲膳札記》成書前的各色紙片，裡頭記錄宴請的菜色、嘉賓與喜好時，我總是想起母親的字。固然沒有嘉賓與盛宴，不那樣精巧優雅，可是叨唸裡有最真實的溫度。

那些被我妥貼收藏著的短箋也許攤開來就是一面地圖吧，從北到南，所有血脈都成了不匱乏的河，汩汩地豢養著我的胃，澆灌我日漸發芽的思念。企盼有了根，而且可以按圖索驥。

許久以來父母教給我的那些，關於誠心、慷慨、無怨與不求回報，我不確定自己有沒有慧根能吸收幾分之幾。總是一些力量在心裡滋長。

我不夠好，然而我從未放棄對人好。磕磕碰碰之後雖然無奈，人情原來不是想像中的活水往返，有時就是自己一廂情願而已。我依然企盼自己能夠日漸茁壯，然後有一天，也能遇上俠士般揮劍相挺、性命相見，如此的肝膽情義。

一塊錢的記憶

彼時，忽有個遙遠的記憶，被這多出來的一枚銅板喚醒，彷彿投幣給飲料販賣機，瞬間就會掉出一罐等值的冰涼飲料來

在得來速買早餐，一百二十四元，前面窗口結帳。我準備清空車內零錢，於是撿了二十四個一元銅板。前面有車排隊，時間足夠地讓我可以再次細數這把一元。

結果多了一塊錢。

彼時，忽有個遙遠的記憶，被這多出來的一枚銅板喚醒，彷彿投幣給飲料販賣機，瞬間就會掉出一罐等值的冰涼飲料來。

冰涼的夏季，總有母親端來切成入口大小的西瓜，還有現打的蜂蜜蘿蔔汁，當然少不了一些現成的糕餅甜點。在那還是有麵包車的兒時印象裡，只要擴音器一放，母親就會拉著我們三個小孩下樓，到廂型車前挑挑選選，我們喜歡覆著糖霜的甜甜圈、裹住奶

酥的炸彈麵包、或者輕輕一掐就可擠出巧克力醬的田螺麵包，那就是童年的滋味吧我想。現在想吃，也還是買得到，打著復古、手做的口號，在這樣速戰速決的年代裡，也成了一種懷舊的風雅。

可是，那位一身黝黑皮膚、穿著汗衫露出精瘦手臂，還理了整齊平頭的麵包車老闆，還在嗎？我是說，那樣低頭細數著母親遞給他的一把一元銅板，在我們滿足地拿著整袋麵包，已經轉身走遠幾步的時候，他著急地朝著我們大喊：「多了一塊錢喔！」這樣的憨實，還在嗎？在多年以後，在這樣速戰速決的年代裡。

因為我就是別人給了我一把零錢，就隨意放進口袋裡的那種人。與其低頭算錢，不如把握時間多做其他事吧，缺的是時間，多的是一元。你也這樣想，是吧？

「多了一塊錢喔」，然後快步走向我們，歸還那一塊錢，那樣慎重好像我們遺漏的是一只行李裝滿貴重細軟。我清楚記得母親接下銅板後，光影下一扇美麗的齒貝，道聲謝謝。待那人遠去，她低頭告訴我們：「妳們看，多麼誠實的人！」

多麼誠實的人！然後一個記憶又接著另一個，我才驚覺有些應該是沉甕或消失了的過去，其實一直都在，而且左右著我，我的日常。

像是一次父親的朋友來訪，帶了一盒水果。朋友一離開，父親馬上拆了禮盒，掀開珍珠棉，果不其然在碩大蘋果間，躺著一枚裝有黃金戒指的紅色絨布袋。在那沒有手機的年代，母親立即被遣著騎乘機車追去，將戒指連同水果盒歸還。我在隔壁的房間，聽見父親在客廳對著電話裡朋友的家人，中氣十足地訓斥著沒事相聚、有事幫忙都歡迎，要送這樣的禮就免。語氣堅決老大不爽。

是菸農吧，後來我想。當時還在菸酒公賣局的父親，總是堅持一些關於正義或說是誠實的執拗，不笑的時候有點兇，大家尊敬他喚聲こう桑，聽起來像是「酷桑」，感覺很貼切。送禮的新朋友，還摸不清こう桑的硬脾氣嗎？

後來父親換了工作，退休後，脾氣沒有盛年時的飽脹，眼神也不那麼銳利了，但正氣凜然還在。母親對我們說的話也不再是聖旨，有時覺得就是一堆歪理，倒是潔白的笑靨依舊。我還是想問，那位誠實的麵包車老闆，還有初次領受主管硬脾氣的菸農朋友，他們在哪裡？他們知不知道，許久以前，一位小女孩在旁邊巴巴地望著大人的世界，那些對話、那些舉手投足，還有言行之外的某些畫面，成了一枚時空膠囊深深植入她的大腦顳葉，然後過了多年，又被重新提領出來。

很可能，在這一天之前，時空膠囊偶爾地會洩出一點一滴些許記憶，左右著我的日常。然而這樣的記憶永不流乾，恆常飽滿。像是飲料販賣機裡咚咚一罐罐掉下來，廠商總會適時把缺口填上。

只是性格裡一些堅持近乎執拗、誠實近乎白目，讓我一路踉蹌而行。一種莫名所以的複沓。

我不確定，如果生命倒帶，我會不會以另一種圓滑來對待這些自己一廂情願所認為的不公不義。可是，我一直記得那個下午，母親說「多麼誠實的人」時在陽光映照下的美麗齒貝；還有那個下午，父親對著電話訓斥著送禮則免的正氣凜然。

接過早餐。如果真的將多了一元的這把零錢一骨碌交給窗口那位，戴著對講耳機、操著訓練有素的問候，和有張朝氣笑臉的店員。他會不會低頭細數然後大聲喊「多了一塊錢喔？」我沒有時間做實驗。馬上要進教室，早餐在車裡速戰速決。

在課堂，不禁就跟學生提起剛才動念的實驗，然後得到一面倒的支持，她們也想知道結果會是什麼？然後又一陣喧鬧地左右瞎猜著：應該也是作勢亂數一通就放進收銀機裡吧！把學生拉回正課，大概又是十多分鐘之後的事，我的課經常就是這樣虛耗著。

古早的記憶暫時又潛了回去。恍惚間，好像只是在課堂裡因為課文的片言隻語而偶然引發的印記，談笑間又灰飛煙滅，像是一粒微塵，輕易地就被撢掉了。然而，多麼值回票價，誠實背後，一塊錢的記憶，寄放在海馬迴裡，長長久久，比三十年還久。

她還年輕

而我從母親這樣往往復復、舒徐近似漫遊的火車小旅行中，確知世界雖老，她還年輕

父親退休不久，便在彰化買了一塊農地蓋了屋舍，打算晚年與母親安居在此。那年，吳晟出版了一本詩集《他還年輕》，我下意識買了兩冊，總覺得鄉間歲月可以凝滯時間的腳步，回到嚮往已久最接地氣的農田以後，彷彿可以想見父母在蔥綠之中笑靨綻開，心情恆久和新翻的泥土一樣年輕。於是，一冊詩集就隨著父母從台中鬧區的家屋中打包裝箱一起安居到彰化的農舍來。

對詩人吳晟最初的印記，是從國中時課本裡一首〈負荷〉而來，那使勁拋出的陀螺，繞著妻兒轉呀轉，阿爸激越的豪情逐一轉為綿長而細密的柔情。讀詩的十三歲年紀，不自覺就對號入座，臆想著父親鎮日為三個女兒與妻與這個家忙碌，這些甜蜜的負荷就像那拋出陀螺的力道，讓陀螺甘心繞著這個名之為「家人」的中心轉呀轉。

喜歡那些時日，父親下班帶回來的西點會議餐盒，內容簡單不過是陽春的三明治、紅豆包、小波蘿、巧克力海綿蛋糕，再一瓶沉甸甸的鋁箔包飲料。三個女孩總是繞著父親搶食分贓轉呀轉，最後一定有人要哭哭鬧鬧。父親隨後換好輕便衣服，往客廳椅子一癱便盯著電視看，直到母親呼喚飯菜都準備好了。

也懷念那些時日，學校晚自習或補習之後，父親的機車必定提早在校門口等著，暗處總有人為你點燈般安心。接過安全帽一路繞著小徑速速到家，父親癱回客廳椅子盯著電視看，母親便端出宵夜呼喚著大家一起吃。

母親總愛說這是妳爸爸交代要準備的宵夜，這是妳爸爸說考前要補腦所以特地燉的湯，這是妳爸爸騎機車繞到某店面就為買妳最愛吃的某食材，一旁的父親依然窩在椅子盯著電視看，嘴角略微上揚。

隨著父親工作、進修，我們不斷跟著轉學遷徙，從南投、台中、台南、台北，最後落腳在彰化。父親決定了方向，接著就是母親跟著打點轉徙之間的大小事，例如家中每樣物拾的擺放、與鄰居的相識互動、探勘好新居附近的市場郵局診所裁縫店水電行、還有重新換過她最喜愛的瑜伽教室和朋友。直到三個孩子各自有了工作有了歸處，父親還是吩咐母親每隔一陣子就要寄上一小箱的冷凍熟食和自產蔬果來。

母親三十歲前便擁有三個孩子，鎮日與食物和家務為伍，我忽然感覺那使勁拋出的陀螺，繞著這個家轉呀轉的，其實是母親。

在彰化安居之後，他們擁有一塊自耕田地和網室、一條桂花弄，還有兩處水池。池裡的錦鯉龍鯉珍珠石斑還有水筆草、田地裡的瓜果葉菜，和屋外一片地毯草，都需要定時照顧。父親說退休後生活反而規律了起來，跟著天光跟著晴雨，順隨四季調整自己的步調，《他還年輕》裡一首詩〈在鄉間老去〉這樣寫著：「鄉間子弟鄉間老／耕讀的步調原本就緩慢／已足夠日常生活／無須再急著趕潮流／只想從容老去。」父親愛書，喜歡讀書，農事忙一段落偶爾就在泡茶的大桌子旁歇息、看幾冊書，望著農舍對面的火車站，旅人來來去去，而他兀自從容。在鄉間讀詩，想必更貼近他的農田歲月吧。

而母親依然忙碌，從搭建農舍之始，她日日料理工地師傅們的午餐和茶點，農舍落成之後，親戚朋友往來，母親總要擺上最澎湃的一桌來。母親喜歡朋友，重情念舊，跟父親幾經商量爭取後，還是決定大老遠從彰化的源泉站搭上集集線，一路至二水轉區間車，再到台中，接著走向後火車站騎乘寄放的機車，來到她熟悉的瑜伽教室。每周兩次那樣的火車小旅行，總讓母親神采飛揚，精神非常，好像獲得一種小小的出走，一種只為自己轉呀轉的自由。

吳晟〈晚年〉一詩對比了時間的倉促和年歲漸老：「漫長的旅程，如此倉促／來不及認清多少世間道理／盡頭將隨時出現／如果還有什麼堅持／我只確知／我雖已老，世界還年輕。」而我從母親這樣往往復復、舒徐近似漫遊的火車小旅行中，確知世界雖老，她還年輕。

盤古開學

那麼，只要安靜地聆聽你的不愉快，暫時不去想解決之道，這樣足夠吧

開學前夕，讀小學的兒子拿著一本故事書，跑來我身邊瞇著眼靦腆地笑著要求：「媽媽，今天睡覺講這本盤古開天好不好？」

盤古開天的故事我幾乎早已遺忘，真的只能照本宣科了，但入睡時燈光全暗，怎麼讀字呢？難得孩子想聽個古典一點的故事。

我還是答應了。

簇擁著孩子，我躺在床中央。幫兩人搔搔背，偶爾也加碼搔搔小腳丫，然後說聲「媽媽我愛妳」、「我也愛你」，這是我與孩子的睡前儀式。今晚，還要再說個盤古開天的故事，而且是獨家版本。

我憑空揑造了盤古，開天闢地就這樣展開。

古老的中國，是一片灰塵；
有個偉大的神，叫做盤古。
盤古長得又高又壯而且慈悲，
他想用身體創造一個可以生活的世界。
他一躺下，胸膛就是大地；
他一張手，十指就成了道路。
他的膝蓋彎曲，就變成山脈；
他的頭髮很長，是山上的藤蔓。
他呼吸的時候，天上就出現雲朵；
他一個翻身，就會發生大地震；
他打個噴嚏，颱風就來了；
他傷心哭泣，就要淹水了。
他的眼睛是座火山，如果生氣就會冒出岩漿，
如果難過，就是一個池塘。
有一天，

盤古生氣了，
火山冒出的岩漿不小心就把天空燒破一個洞，
火山冒出的岩漿也把大地燒成一塊一塊的石頭，
到處都是煙，都是火，都沒有水，
古老的地球要發生大災難了……

兩個孩子聽得入迷，直問然後咧？怎麼辦？

我說，有個偉大的女神，叫做女媧，她明天晚上就會想辦法。現在應該超過十點半了吧，明天要開學，該睡覺了。

當然不肯就範，開學太掃興了，就算徹夜也必須解救地球的災難。所幸孩子擁有一秒入睡的神奇功力，尤其更小更小還在襁褓裡的時候，明明前一刻是那樣歇斯底里、催人心肝的狂哭爆吼，彷彿世界辜負了他微弱的心跳，身旁的大人用盡氣力搖啊搖，臆測著喝個奶吧，尿布！是尿布濕了，熱啦不舒服，愛睏囉趕緊準備鋪床，當大人慌得一團亂的瞬間，真是瞬間，天使般的靜音，就在小小的懷抱裡。

即便是長成小屁孩之後，神奇入睡功力稍稍退化，但好像還是天賦異稟似地，明明前一刻故事聽得入迷，嚷著然後呢然後呢，然後，一個不注意就秒睡。

此刻，我是一個人了，累得不想起身，說話好累，開學後要說更多話了。四周一模一樣空洞的黑，遂放行自己於暗夜無盡的宇宙間，暑假真長，長得像漫無邊際的黑洞。黑洞也沒什麼不好，今晚的放空有點像是在悠遊。

赫曼赫塞曾在一個人的悠遊中，發覺世界是如此靜好，生活可以這樣純粹。他想變成一個巨人，希望「把頭枕著阿爾卑斯峰頂的積雪，躺在羊群之間，腳尖拍濺著下面深湖的水。這樣子躺著再不起身，灌木從我的指縫生長，阿爾卑斯的野玫瑰開在我的髮上，我的膝蓋成了山下小丘，葡萄園散布在我的身上，還有房屋和教堂。」在《悠遊之歌》的〈田野〉裡，不若盤古開天壯烈，然而多麼美好，一個人在腦子裡的漫遊。

更美好的是，南法的葡萄園，阿爾卑斯山的教堂，還有那如羊的雪，曾經就在我不久前的記憶裡。奧地利民宿的女主人準備了早餐，她拿著地圖走了過來友善地問著：「台灣是不是就在這裡？」地圖裡其實沒有台灣，約略約略地她指出了菲律賓上頭的海洋。「是啊，小小的美麗之島歡迎妳來。」「噢，我一輩子都住在這裡，沒有離開過。」

我們忽然有默契地望向大片落地窗外更大片的草原，不遠的地方是阿爾卑斯山，山頭與山間覆蓋一些雪。

「這裡真像天堂！」

「是啊，我每天都住在天堂裡。」

發胖的獵犬Vivi（還是Baby？歐式英文我總不太能準確拿捏）喜歡黏著她的腳踝，偶爾來我身邊磨蹭一番，如茵的皮毛撫抱起來比鵝絨枕還舒適，靈動的眼珠子像是黑洞更像天堂令人不自覺想一頭陷進去。有些美好，無關精準，也許感覺對了就是了。

「這樣子躺上一萬年，仰望著天空，注視著湖水。我打噴嚏時，就有雷雨；我呼吸時，雪就溶化，瀑就飛舞；我死去時，整個世界也就滅亡。」赫塞的這段文字，總讓我想起那陣子的行旅，在疲憊的靜謐之夜，幸賴有些具體的形象得以想像、得以回味。我也才相信，旅行經常是回來之後才開始。

然後就有了一點點氣力，去面對生活中不一樣的開始。像是開學，像是結束暑假。

隔天一早，孩子不忘提醒我，晚上女媧要拯救地球的事。有點後悔自己昨晚幹嘛留個待續，但我還是答應了。

催促完早餐和開學所有用品，載著兩個孩子上學，車上播著品冠《最美的問候》那片專輯。我們都愛聽第11首，〈小V之歌〉。

短短的路程，一首聽完剛好。孩子下車前，我從駕駛座往後看向他們，他們說媽媽Bye Bye，CD裡唱出：「長大後　要輕鬆　要快樂　做自在的人／不管未來世界　多不同　別忘了保持單純／總有天你會懂　我們是　最疼你的人／要給你最滿分完整人生／你是我最甘心的責任⋯⋯」

我開著車繼續把歌聽完，不免還是有種，喔耶，小孩開學了，我自由了的快感。也因此我並不討厭開學，生活進入另一種秩序，多了一些空堂中的自己。然而幾乎在學生時代，少有人喜歡上學。女媧都還沒解決災難，放學後孩子卻災難似拖回一大袋的書，睡前不禁發出天問：「媽媽，為什麼人不能天天都愉快呢？」

我當下只覺這是開學症候群，於是提醒快去刷刷牙，上學第一天累了該睡覺了。女媧拯救地球也不是一天兩天的事，明天再繼續吧。

孩子躺在床上直瞪天花板，嘆道：「上學比吸毒還可怕⋯⋯」

「你沒吸過毒，怎麼知道吸毒的可怕？」我彷彿開啟了莊子和惠施的濠梁之辯，同時也是超級失焦王。

「我聽妳說過別人吸毒的可怕，所以我知道吸毒的可怕。」好吧，請循其本。到底是我沒把吸毒的可怕講得夠可怕？還是上學真的比吸毒可怕？

孩子秒睡之後，在一望無垠的黑夜裡，我又想起Vivi，又想起那位奧地利民宿女主人，然而我並未走進天堂的悠遊裡。孩子的天問，是人間難解的疑問。

「為什麼人不能天天都愉快呢？」住在像是天堂的阿爾卑斯山腳，也會有不愉快的時候嗎？美好的時候，竟也就忘了詢問女主人她也有不愉快的時候嗎。記得孩子剛上小學時，經常在課堂上與老師唱反調，故意不翻開課本、不聽課、把牛奶和水彩灑在地上，他說：「我不喜歡○老師的課，我只想看看窗外牆上的花。」有時也實在迷糊，忘東忘西、丟三落四，接踵而來的，當然就是老師在聯絡簿上的責難了。

「為什麼人不能天天都愉快呢？」我把這個問題帶到隔天的課堂上。青春女孩們聽了笑一笑，問我：「老師，妳怎麼不直接問問，為什麼他覺得上學不愉快？」這才是真正的請循其本。

詢問的當下，是因為當下是那樣的狀態吧，既然沒有要解決開天闢地的大事，我要做的回應也就不會是補天那樣的困難，姊姊果然還是比媽媽更了解做為一個學生的心聲！那麼，只要安靜地聆聽你的不愉快，暫時不去想解決之道，這樣足夠吧。

我在心裡經常哼起這樣的旋律，希望你也是——「長大後　要輕鬆　要快樂　做自在的人／不管未來世界　多不同　別忘了保持單純……」我願意與你一起想像，漫步在赫塞的阿爾卑斯山南邊的小徑上，「可以隨心所欲地坐下來，在牆頭上、石塊上，或是草地上、土坡上，……到處都有引起共鳴的美感和快樂圍在身邊。」

然後，不知不覺，就會發現「雜念和憂愁似乎都遺留在山的那一邊」。

船後的波紋

不與的水波，若是安靜的心事；起了波紋便是生命的一種，就
任隨漣漪而飄泊而盪漾吧

出門在外，習慣帶著書，手機錢包般必備。有陣子，反覆看了多次蔣勳《說文學之美》系列叢書，書中每一句美麗如詩籤的感悟，有著直觀、輕盈的腳步，毋須過度用力也足以安撫飄泊徬徨的靈魂。彷彿在船隻顛簸之時，只消扶住某種憑藉，自己的步伐就不至於那麼踉蹌不安了。

於是，《品味唐詩》、《感覺宋詞》隱身在背包裡，在一次假期間隨著我坐了六趟飛機。回到台灣依然忠實地伴我搭了多次的高鐵和捷運。

記得從維多利亞港回到飯店的車程中，在雙層叮噹車上迎著外頭的微風，香港的夜景就是這麼一回事吧，繁華中有陌生，是因為異鄉遊子太多嗎，每一個面孔都是匆匆的過客。

我不禁想看點熟悉的文字，書裡那些詩詞的詮釋令人有種回鄉的喜悅，在叮噹車上搖搖晃晃，一些感悟卻是這樣安安穩穩地讀進心裡。

那晚睡前照慣例要講自己胡謅的哆啦A夢故事給孩子聽，孩子最喜歡我的天馬行空和花腔卡通音。實在太疲累了，我在朦朧的語氣中，脫口而出讓白居易跑進我的哆啦A夢對話裡，賣炭的大雄被胖虎打斷手臂了，孩子半狐疑半責備地搖醒我，我才發現自己的夢話淨是書中所提的賣炭翁和新豐折臂翁。

在慕尼黑的一家速食店續讀著白居易，長安居大不易，我想起在德國讀書的妹妹，一個人在外求學也是大不易吧。旅程中沒機會繞到她居住的地方去看她，不知道她過得好不好？

離開慕尼黑的隔一天，得知市區的超市發生恐攻，生命倏忽，發了訊息給妹妹，她說她沒事。想起杜甫〈三吏三別〉裡那天荒地老似乎永不停歇的戰亂，還有李後主在一夕之間變易了江山，只有夢裡才有春天。忽然感覺心驚。

此刻，沒有任何一句話比「我沒事」來得更令人喜悅了。

喜悅與哀傷也經常只是眨眼間。我坐在兄弟象對上統一獅的球場裡，有好多青春曼妙的啦啦隊女孩站在我的極佳視野內，令人著迷地幾乎忘了我是來觀看場上那些魁梧的揮棒、盜壘和安打。

四十三歲以前的蘇軾已經死了，四十三歲的蘇軾才正要活過來，烏臺詩案也許是打擊也許是轉折。球場的另一邊喊著再來一球再來一球三振他。果真一支高飛球以為安打，被接殺的球員靜默地走出球場。驚呼與惋嘆，在同一個時空裡交疊、錯置，我低頭讀了一段蘇軾。生命中的喜悅與哀傷，原來這麼相近，近在一座球場內，近在一個眨眼間。

好像落敗、那些擊不出去的球，還有一次次美麗的錯誤的接殺，都是日常裡無可奈何的日常，三振也只是這場賽事裡的事，走出球場，彷彿也應該走出適才的驚呼與惋嘆。然後，回來做自己，學著去感覺那種「自喜漸不為人識」的自在。

像是念小學的兒子曾寫了一篇題為〈畫畫〉的小短文：「我畫了一幅畫，我進去我畫的地方。那裡很像世外桃源，還有一些我沒畫的東西，例如：水波不興的小河。我很享受清風徐來的感覺。」我喜歡那樣走進畫裡，而畫裡卻出現他沒有畫進去的東西的奇幻感。更喜歡文字裡沒有波紋的心情，有種不為人識的不羈與自在。

想起之前，一位高三學生在學測成績寄來後，寫了張小卡放在我桌上，末了抄寫一段話說希望我也會喜歡，「人生有許多事情，正如船後的波紋，總要過後才覺得美。」這是余光中的句子吧。

我想告訴她，這句話我很喜歡。讓我也回贈北島的一句詩：「如果你是條船，飄泊就是你的命運，可別靠岸。」那麼，船後的波紋，便是我們在世上飄泊的見證。時而的漣漪或巨濤，就像一場球賽裡的驚呼與惋嘆，平起平坐如同生命中倏忽變化的喜悅與哀傷。不興的水波，若是安靜的心事；起了波紋便是生命的一種，就任隨漣漪而飄泊而盪漾吧。

因而心中無論何時，便一直有條水波不興的小河。哪怕外面已狂風暴雨。

在世界慌亂之時，妹妹有了可以互相照顧的人。就像在顛簸忙亂的日常裡，間或完成一些喜歡的閱讀，讓生命的方向有了些許憑藉。我並不知道何時可以靠岸？何時可以真的平靜無波不再踉蹌？然而看著波紋，但願我們都能感覺得到那樣的美。

異想

異想世界也許是醫治現下不安穩最好的藥，有時非得經過一些腦中的胡亂馳騁，方可稍稍平衡一些莫可奈何的動盪

一次搭乘從薩爾斯堡前往慕尼黑的火車，隔著走道坐了一位優雅的中年女子，留著一頭奧黛麗赫本，合身針織上衣裡的豐腴竟是如此合理地美麗。她拿出一本厚厚的書，翹起褐色格子九分褲，露出精緻的黑襪子和學院風黑亮低跟鞋。

下一站，一位男士上車坐在女人的對面，這列火車的座位大抵是四人四人一落，兩個座位面對著兩個座位，中間隔有小得不能再小的小方桌。他們有了簡短的交談，眼神有些禮貌的交會，之後女人便繼續低頭恣意翻著扉頁，男人則攤開錢包放好車票之類的東西，又挪一下屁股把錢包潛進了後面的褲袋，行車中兩人偶或不經意地又說了幾句話，彷佛曾經認識。我想像以前在小說裡看過的任何情節，下一站他們可能就提早下車，一齊往一家旅店走去，兩小時後各自又走向不同的方向。

不知道我會不會想太多了，然而異地異文化總帶點魔幻味道，好像隨時被一條被單裹著飛上天空也不覺得離奇。

是以那次血腥的展演竟如此寫實彷彿那並非異想。

那是在布達佩斯前往維也納的巴士上，坐在我斜後方的女子，一頭金髮削得俐落，慢條斯理地操起一把水果刀，就著左手的蘋果，優雅而熟練地分切，並一片片以刀就口往紅唇裡緩緩送去，時光遲滯得像是有些令人無法逼視的事正在蓄勢待發。

車子仍然行進，每經一處建物，光線就收縮回去，離開遮蔽，強勢的曝光又刷得我眼角崩裂。腦中的斜後方，那把刀猝不及防就俐落地往隔壁男士的喉嚨削去……

想太多的生活有一點刺激，尤其是密室裡的空間容易激起詭譎的遐想，是不是太悶了這空氣，那一次從阿姆斯特丹坐向德國紐倫堡的夜巴裡，我多希望屈著腳的長髮大男孩就坐在我身邊。眼睜睜看著他在走道另一邊與我的男同伴一起窩在小小的併排座位，夜裡的車子很暗，時不時經過一些有燈光的車站，瞬間便閃出他們各自想熟睡卻睡不著的臉孔，翻來覆去兩副手腳太長，剛好組成一隻大八腳蜘蛛。這樣的巴士設計太不人道，是連我這樣嬌小的亞洲女生都覺得彆腳的空間。然後他們真的睡不著了，天南地北有一搭沒一搭，不甚清楚講些什麼，空間彆扭得也許一轉頭，唇都要貼在一起了。如果可以的話，我也想換個座位，與那位蓄著金長髮、乾淨得沒有鬍渣的大男孩，促膝長談，徹夜未眠。

想太多的日子有點長，也許是常態，我總跟學生說，如果在校園裡相遇了，我沒能及時回應你的招呼，請原諒我的腦子正在異想世界裡。在廊道上，我經常盡可能貼著牆壁老鼠般疾走著，實在是走廊的欄杆太低，我想像你們從教室衝出來，把我撞得彈出桅杆外，我就這樣不美麗地栽下去，不美麗地離世。

還有，時不時爬山經過一片竹林或說是樹林，眼睛不自主地就會往裡面搜尋，心想會不會發現一具吊掛的靈魂，或者一只裹著什麼的麻布袋。然後驚天動地的新聞就會在這位女子不經意的眼中，深喉嚨似地一樁又一樁。事實上，多年來也沒有什麼袋子，連垃圾袋都沒有。我真是想太多了。

有時不免會為自己因為對話裡的畫面而被牽動某條記憶的線，從而有些不當的反應，感到萬分自責。聽說有一種暫時截斷大腦扣帶回的藥物，可以讓快速連結變得遲鈍，這樣便能單純地看待當下的事，而不會連結過去一些不必要再憶起的經驗。

我終究沒遵從這個建議，反倒愈來愈沉浸於異想，近乎神遊。一趟回來，彷彿就添增一種很精神的力量。

很久很久以前看過一部電影叫《艾蜜莉的異想世界》，大致忘了情節，但是艾蜜莉發現一個男孩鑽進大頭貼自拍機的布簾裡，蒐羅著眾人拍壞的不要的照片，然後她竟也如法炮製了起來，那樣詭異的畫面，這麼多年不知為什麼我就是記得。在那不久後，我來到法國巴黎街頭，走過蒙馬特區，大家指著廣場上一座突兀而華麗的旋轉木馬，說艾蜜莉就是在這裡把收集來的拍壞的眾生大頭貼還給那個男孩。

看著那座旋轉木馬，華麗繽紛非常童話。然而，我不愛旋轉木馬，除了幾次坐上去下來後，感覺不到地面的紮實，晃晃蕩蕩失了淑女的氣質外，還有幾次就是不斷作嘔，暈眩好久。

但那夢幻的旋轉，靈異的閃爍，有時真的予人一種作嘔的快感，那必須仿效童年的天真，髮絲飄揚的時候，手臂記得打直，抓著金銀閃亮的槓子，仰頭看著絕對令人暈眩的頂板，還有那支撐著馬匹的長竿，一上一下規律地輪替著。然後，跟著不論日夜都必定會放出的閃爍和音樂，在起伏中就是去感覺肚子的消脹，在這種坐姿的催發下，保證任何人都會打從心裡非常認真地笑了出來。我不得不承認，我不愛旋轉木馬可是又愛坐上旋轉木馬。

那又像是在公園裡搭上任何一種形式的鞦韆，儘管順著旋轉木馬的韻律吧，髮絲飄揚的時候，手臂記得打直，抓著兩側的鍊子，也許「蹴罷鞦韆，起來慵整纖纖手」，手臂軟弱無力是因為那位少女也在玩弄跟我一樣的遊戲吧，她也會仰頭看著投影片般一張張換過的天空或樹葉嗎？她也會在起伏中感覺肚子的消脹嗎？童年的跑馬燈經常在這樣的時刻就迎面跑來，那樣的起伏，恍若坐在爸爸的車後座經過一處熟稔的綠色隧道，我和妹妹算計一路上有幾個起伏就會帶來幾次肚子的消脹。順著坡度下降而軟膩下去的滋味，是回外婆家的滋味。

異想世界也許是醫治現下不安穩最好的藥，有時非得經過一些腦中的胡亂馳騁，方可稍稍平衡一些莫可奈何的動盪。心不在「焉」的好處是，可以求得一時的淡然，暫且不必與現下的苦楚撞個正著吧。

於是，不怕「多情總被無情惱」，多情的是異想的我，無情的是現下的我。現下的我其實也不惱異想中的我。

想起一位同事分享過墨西哥詩人Octavio Paz一首美麗的詩，是關於蝴蝶在紐約車陣中的旅行，毋須去揣想莊周夢蝶或蝶夢莊周，因為「The butterfly never wondered: ／ It flew」。這麼一來，異想或現下，哪個是常態哪個是變態，好像也不是那麼重要了，重要的是我們正在飛，飛往一個令人神馳的狀態。

秋天的詮釋學

沒人說得準你看中的「義」，何以他人詮釋起來是「利」。而我愈來愈傾向，事件的發生不必然只有一種解釋

還是要從夏天說起，家人習慣假日午睡，我習慣假寐。入秋之後的那個周末下午，也是如此。

起身後在書房裡，一陣風吹來，有聲響，規律翻動像浪水來去。起初斷定是窗簾被風吹動，可是空間裡沒有任何一扇窗簾在飄，室內所有靜物都是靜物，只有我神經質地在小空間裡來回搜索。遍尋不著，坐定後又發現不能不管。

音頻微微，但實在是太規律會有種在夜深失眠時，秒針執意往下一刻度移動且奮力要讓你知道他從未怠職的擾人；又像在靜謐圖書館裡，鄰座那個人不斷轉動手上的原子筆，必定在轉到第三圈就掉一次在桌上的定時巨響。難怪我總覺得在音樂人聲轟天的速食店讀書，都比在安靜的空間裡卻有著過分整齊的音頻，還要來得容易安心。

我又起身去找聲音。

赫然發現，原來是客廳窗外的雨遮平台上，一本書在翻動，被風吹著，一頁一頁有頻率地刷過去。那個畫面太像電影裡，會翻出一個白鬍子老人下凡來個醒世警語之類，不然就是等下會突然射出光束，然後我就要被吸進書裡的世界了。

打開紗窗，取了這本書，是本蘋果綠顏色的筆記，印有台大字眼，封面手寫三個字叫「詮釋學」，內容豐富字跡飄逸中英夾雜，從各種跡象斷定那絕對不是家裡任何一個人的東西。

隔天我就在課堂上跟學生說這件詭異的事，她們說：「唉呀那樓上掉下來的啦」，「一定是在曬書，結果被風吹走」，「趕快拿去還給人家啊」，吱吱喳喳想打發我的大驚小怪。但我勘查過了，樓上的格局因無雨遮，所以空間是外推的，相較之下我家就是內縮的，會有一本書從外推樓上飛出去，然後這麼剛好被風打進來安穩地擱淺在這個內縮的平台上兀自翻頁嗎？我總覺得這是上天的旨意，詮釋學的迫降必定是要告訴我關於某種生命難題的詮釋與答案。

我說等這幾天事忙完，準備來好好讀一讀，然後再拿去警衛室看是否有人認領。

結果，等我要讀的時候，那本筆記就不見了！

這本筆記真的憑空無故消失了將近兩個月。

日子久了就不了了之。某日下午照例假寐後起身，秋意很濃，窗外綠園道的樹有點搖動，忽然一個鮮明的蘋果綠就出現在書房窗邊的長椅上，沒有翻頁，但規矩躺在那裡，空間裡沒有其他人。那本詮釋學又在我落入一種低潮情緒的時刻重新出現。

這次我決定要立刻認真讀一讀，免得秋天的詮釋學又要怪我蹉跎時間，壞了旨意，然後再一次無故消失。

翻到一頁主題：「the double focus of hermeneutics: event of understanding and the hermeneutical problem」，談及孟子與梁惠王那段眾所皆知的義利之說。詮釋學筆記記錄的是梁惠王乃從「政治」的「公利」角度切入，談的是既然叟不遠千里而來，在政治上「會如何做」；但孟子則偷跑轉換，從「倫理」的「私利」角度來解釋，談的是王何必曰利，倫理上「應該如何做」。筆記裡下了一個簡短注解：「政治轉換成倫理，實然（is）與應然（ought）混淆」，正覺得頗耐人尋味，應該要大把個晚上都奢侈地繼續讀下去。卻忽然想起有什麼事要做，就又擱著筆記跑掉了。

秋天之後，便是冬天，這年的冬天來得晚，於是也就接近學期末了，那意味著教師行業裡的我們要陷入期末總結成績和收束課程的各種混亂中。

怎麼去詮釋生活裡種種行為或現象，好像沒有一個定論。就像學期末的我們，是因為各種混亂而顯得焦躁，還是這其實不叫焦躁，而是為了迎接假期所以要預付代價的異常亢奮？

想起不久之前，我興致勃勃地寫了篇故事的開頭：「入秋以來，悲傷已持續三週。在發現憂適停的另一個名稱是百憂解的那一個早晨，他決定不再服用這個藥物。聽說百憂解會影響性功能，A=B，B=C，可推論A=C，所以他決定自行停藥。」然後，就沒了。我對於書寫的沒耐性，或說沒有靈性，讓這個「他」都還沒有正式停藥，只是「決定」，只是發出一個「決定」，就沒有下文了。

日子恆常，也許所有靜物都真的只是靜物，只有我神經質地在這樣的循環行為裡來來去去。秋天裡詮釋學的迫降，也許是來告訴我，即使A=B，B=C，不見得可以推論A=C。實然（is）與應然（ought），兩回事。沒人說得準你看中的「義」，何以他人詮釋起來是「利」。而我愈來愈傾向，事件的發生不必然只有一種解釋。

生活中的輕薄短小

好像經常在變與不變之間，在自由與穩定之間，在一些些需要眾人的體溫和一些些只能獨享的神祕之間，擺盪著沒有固定形狀的自己

1

有陣子基於某種研究癖好，很想大動干戈寫一系列的東西，大抵是關於校園建築的輕美學、微後現代化、局部之美之類的，腦子裡因而隨時聚焦於這些輕微的狂熱，然後零零碎碎地構織著可以如何動筆。

沒有成篇的文字，終究窩居在電腦一隅，其實空白的時間也不是沒有，著手片段地把東西寫一寫應該也是可以，大概還是以為必須要完整地、全心全意地、思慮縝密地才能下筆，也難怪一再耽擱了。

可究竟什麼是「完整」？什麼是「全心全意」？所有的完整不也都是零碎組合而成，

全心全意也並非得全時刻地沉潛著(那會疲乏會溺斃吧),有時覺得沒有規畫就是最好的規畫,沒有成篇會不會也可以是一種觀念的展演?

也許談變革太沉重,整組換掉太困難,有些輕薄短小,便悄悄地在這個世代迅速的滋長,雨後春筍這個詞很好用。至少,在我認識小確幸之後,那些關於輕旅行、輕美學、微革命、微整型、微寫作、微刺青、微行動(microresolution)等一些些零零碎碎的東西,就這麼後現代地點染在斷斷續續的角落裡。

然後,像是小別、小酌、小品、淺嘗、淺唱、淺談、輕嘆、淡淡之交、點到為止等,開始成為生命中拿得起放得下的課題。畢竟,濃烈、豔冶與巨大,密度太高,實在承受不起。我們沒有要改革,只是讓輕薄短小自由地來去。

匆匆來去的日常裡,還真是填充著零碎、斷裂、解構與非線性。我依然妄想著,在看不清楚星星的夜裡,在電腦前悄悄地敲著這些零零星星的點子,哪怕恍惚間,鬢已星星也。

2

某些有陽光的日子,走出竹北高鐵站二號出口,我會爬上連接台鐵六家車站的空橋,空橋兩側噴砂玻璃圍牆上的竹葉圖案，會透著陽光印在通道地面上，像是華麗的鏤空雕花。我不確定當初的設計是否就是要取景這樣的光影，只覺虛無的掩映之美，有種柔軟的力量。柔軟得讓人可以如此自在地穿越這片竹林，看著竹葉在身上流閃移動，瞬間又貼回地面，像是一列計算好的骨牌，連傾倒的姿態都有均勻的呼吸。

行走於空橋，光影如流蘇，遠方一片偌大的綠，天空很高，心情也跟著空曠起來。在一座飄浮的城市裡，我的夢想似也隨著匆匆進站出站，而更加穩固一些些。

這樣輕微的次級的不經意，經常在與我們的視線交換中，有了殊異的隱喻或指涉，於是建物、空間及光影所延伸出來的虛實感，就是豐盛而流動的了。無味的生活大抵需要一些流動，即便緩緩潺潺。

如果時間允許，我想在課堂上來個不專業建築美學教學，也許可以從扶疏光影的虛幻美感開始，帶點顛覆硬體存在的後現代。像是蘇軾〈記承天寺夜遊〉裡「庭下如積水空明，水中藻荇交橫」那般月光下竹柏的身影，歸有光〈項脊軒志〉裡「明月半牆，桂影斑駁，風移影動」的珊珊可愛，還有鍾理和〈書齋〉的木瓜樹下「一叢叢地伸張著茂密的掌形大葉」在夏、冬所營構出的陰涼樹影，只消放上一副桌椅，便成書齋大天地。這麼看來，比起建築物的興建和改造，順隨時令而變化萬千的扶疏光影，輕薄短小，好像經濟而踏實許多。

光影與建築之間虛實映照的關係，讓我們看見空間裡局部而層次的掩映之美。美就在身邊，在街景路樹、校園植物間，在欄杆與建物間、物與物、人與我之間，還有某個靜謐午後我的住處，光與餐桌上方的水晶燈及天花層板潑灑出碎鑽似的節奏，那是魅惑光影的纏綿，是影與影最純粹的交媾。

不知道迷戀光與影，跟我那不愛一成不變的性格是否有點關聯，有時又覺得這與我那安於穩定長久的執念又有些違背。好像經常在變與不變之間，在自由與穩定之間，在一些些需要眾人的體溫和一些些只能獨享的神祕之間，擺盪著沒有固定形狀的自己。

徐純一在《如詩的凝視：光在建築中的安居》解釋了光的多重現象之後，又說：「我們渴望有光、面對光，吸引、牽扯、迴避和追求光。」我是躲避著光的那種人吧，但又迷戀光影，光是陽，而影屬陰，變幻柔軟之光要打在穩固堅毅的物體上，那樣的影才有所依附，為人所見。這算不算是《易傳》裡「一陰一陽之謂道」？一種生命的常態？虛實掩映，流動與固著，局部也或許是全部，繪畫空間裡有天有地的留白，靜寂的夜裡巷內一聲長嚎。陸機《文賦》說：「課虛無以責有，叩寂寞而求音。」文字的具象質感包容了幽微抽象之心。明亮的光與暗黑之影互為表裡，「一葉葉，一聲聲，空階滴到明」，愈寂寞愈聽得見寂寞。

光影如形而上的道家，是《道德經》裡的柔能克剛，光於是擁有扭轉生硬建物的能量，書裡寫著：「看似不動的建築空間往往能透過光的轉向而變異。光永遠不會禁錮於照明需求裡，它永遠是自由的，也始終導向自由。」是以我在背面追逐著光，以為那便是自由的一方。

3

老硪在《後現代建築》一書中對於「現代建築」和「後現代建築」曾有這麼一段打趣的形容：「典型的現代建築是男性的，高大、冷酷、理性、拒人於千里之外。極端的後現代建築則是女性的，親切、愛打扮、柔弱而又花俏。」被後現代建築主義者稱之為「啞盒」(dumb box)的現代主義建築，因而被描述成缺乏表情及溫度，有著大面積窗戶玻璃，只見單純的幾何美學。這莫非也是一種失語的狀態？後現代建築相較之下，則更顯出結構複雜、造形獨特、象徵符號、價值多元的特徵。這麼說，現代建築是陽，後現代建築則為陰，陽氣太盛的街道，建築物因而曝曬得乾啞失語了。

關於後現代，除卻那些斷裂、拼湊與個體性，易誤導教育走向商業化、消費式及不再追求群體共識的負面聲浪。其所帶來的眾聲喧譁，像是多元刺激的餌，誘引著一隻隻失語的魚。太多規矩、陽光至上、要求對稱的日常裡，偶或需要一點小叛逆吧，好像翻個牆出去買枝冰，回到教室時又精神了起來。

於是我總想像著，鎮日相處的校園裡也能有一處輕薄短小的後現代。

記得走訪捷克時，特地去找尋隱身於布拉格市井街道中的查理大學。校園內有處交誼廳的梯間壁面，為順應樓梯坡度，窗框不是熟悉的方正，那不規則的解構設計和鏤空造型，倒是變化出層次豐富的採光及視覺效果。一次在OECD有關教育規畫設計的出版品裡，發現一張「傾斜中有平衡」的趣味，那是澳洲珀斯市Harmony小學的校舍，屋頂、門及柱子跳脫講究結構方正的原則，有著滿溢童趣的不對稱傾斜。

台灣校園也有許多這樣可愛的處理，像是我所居住的城市裡，一所名為「陽光」的小學，校園一處鑲滿圓形窗戶的牆面，頂端置入一個邊角突出的四坡屋頂小屋，與此棟大樓垂直比鄰的另一面教室群，一間間外掛著三角造型走廊，恍若童話裡的幾何。

這些視覺上的奇趣，每每都會啟動我的追星拍照模式，我想留住的只是一種在嚴謹有序的構圖章法裡，些微的關於美的悸動。

當然，生活裡的對稱與規則如此踏實妥貼，也很好，只是魚在水中，偶爾也嚮往著天空。天空有光，地面有影，順隨時令四季，生活因而流動了起來。

輯五

每個女子都是地上一顆星

水族街

「這是你的新家喔！」一對藍色的眼珠子真漂亮，不時上下左右打量這個世界的氣味。有時我也疑惑，魚會流淚嗎？在水裡有誰看得見？

被打的那一個晚上，我在警車內看見外面倏地閃過一格藍光。

「賣海水的。」我脫口而出。

「什麼？」年輕警員依然在確認真的不帶著孩子暫時去待在庇護所嗎。

「喔沒什麼……」我伏在窗口往後看去，想確認波光粼粼裡在招搖的是什麼如夢幻泡影。

夜裡民權東路的這條水族街，充滿廢墟的氣味，隨時一個遊民或者醉漢都很適合在這樣的畫面擔綱主角。彼時想起古裝劇裡荒野的客棧，霧氣瀰漫彷彿這是被世界遺忘許久的一條小徑。

即使許多人會透過虛擬世界點選一種生命，還是有人相信活體的買賣就是要親自挑選，以免誤觸地雷。所以，平日等待孩子從小學門口出來的放學時光，已經習慣這條路車子很多，對面的這條水族街總有人煙。

第一次在凌晨，被警車載著經過這裡，我彷彿看見一條街在暗巷裡抽著寂寞的菸。

本來應該自己坐計程車回來的，但那夜被推出家裡的大門時，倉皇地連包包都沒帶，就這樣走到樓下立在半開的鐵門間呆望著前方，企盼又畏懼巷口出現的任何一束光。

同一個屋子裡的人太要面子，這個家被包裝得密不透風，像是一只從水族街提回來的水缸，被氣泡布、珍珠棉和紙箱保護得完完整整的。如果警車轉進來的瞬間，更迭閃動的紅藍燈會喚醒沉睡的巷弄，那這個家是不是將要曝光成實實在在觀賞用的水族缸了？忽然有點後悔撥通那組號碼。

三個警員終究來到我面前，我已激動地忘了有沒有閃入驚天動地的光。潛在一缽被豢養已久缺乏氧氣見光死的水族缸裡，我即將要溺斃了，這是不得不，最後的選擇。

那些高大的拳頭向我襲來，絕對的沙包，無以復加的力道。落地的我爬著去找矮櫃上的電話。然而，瞬即，線路就被一把扯壞，話筒在意料之外朝我的腦門砸去。勢必是想及這個行之有年的祕密將從這只話筒放送出去，盛怒的人儼然化成一隻被驚動的鯊，必要啃噬誤闖的不速之客。於是我像被左右甩拋的某種魚類，被拽著的長髮如一把海草，是不是生長得太過茂盛，所以面臨被拔除的命運。

就這樣，我被棄置在家門口，聽見門上鎖的聲音。

連健保卡都沒有，警員墊了錢陪我在診間坐著，等待一張驗傷單。警局的筆錄有點久，表格上問孩子是否為目睹兒，我回答曾經是。還在睡夢中的孩子啊，如果可以，那樣隔著一堵牆的波濤，但願它永遠是潛在水底的暗流。

警員說今日就這麼巧，家防官輪值，說我可以問他怎麼向法院申請保護令，可以如何請求庇護，最後問我要不要讓對方知道警局裡已有備案。

我們能永遠受到保護嗎？我們能永遠待在庇護所嗎？我不確定自己能不能承受再次驚動一隻鯊的代價。怎麼辦，我是不是讓這個家變成一只透明的水族缸了？該怎麼辦。

回程時，警車經過那條水族街，一格夢幻藍的幽光流瀉自某扇櫥窗，總覺得裡面有叢輕盈的綠在對我招搖，油油地像軟泥上的青荇，是康河裡的那一條水草。很久，沒有那樣柔軟漂浮的感覺了。多麼想，讓這些紛擾來來去去，如海底的藻、水流裡的軟體，沒有節奏地搖擺著。

不久以前，孩子放學後我們來到對街，看了一整個下午的海洋，終於決定要養幾隻尼莫，家裡的淡水缸因之要替換成海底世界了。老闆除了講解可以添購哪些配備，還再次確認養水設缸很費工，真的要換成海水的嗎？我倒是好奇店裡清一色的藍，好奇著燈光色澤與海底生物的關係。

聽說波長較短的藍光可以矮化藻類、抑制藻的生長，不致於讓它長得太茂盛。是這樣嗎？我問著不知從哪裡聽來的知識，心裡盤算著是否有必要再購入一組藍光。

「沒聽過有人那樣說啦！藍光是給軟體身上的共生藻用的，看起來才漂亮……」正在調整缸上吊掛燈具的老闆轉過頭來，對我露出不解的表情。

如果摘掉藍光，就讓藻類自在地生長，會怎麼樣？自由過了頭，越過水缸界線，難道觸犯了某種生態平衡或生存法則嗎？

沒聽過有人那樣說啦。許多時候，我們似乎都裝有敏銳的雷達，總得偵測著哪個方向大家都一樣，才能放心地繼續走，像是一群游往同一個方向的魚，落單的那一尾經常得承擔不合群的風險。

可是，如果我們是一起游向張了口的鯊呢？真的魚貫而入，無底洞的黑，然後在胃液裡溶解，無端就消失在這世間。

老闆還是遞給我一雙藍白光燈管。「如果妳想養綠色的東西、草皮、丁香、滿天星都很多人在養。」隔著玻璃缸，我看見這幾叢珊瑚軟膩地搖動著，像是淡水缸裡的迷你矮珍珠那樣精巧。「要大叢一點的，就是羽毛藻和葡萄藻，不過它們長得很快，不好整理。」我沒有把握，再考慮看看吧。

海水缸的養護真是大把銀子。日子在將就將就的循環中度過，像是這缸海水養了一個月的生態，不怎麼預期，竟也足以容許一些生命的吐納了。

豢養一個生態，護持著些許呼吸。好像忽然明白〈看海的日子〉那部小說裡，命運由人的白梅為什麼一直重複說著我想要擁有一個自己的孩子。

我喜歡看著蝦子孵在地面的靜謐，忽而又奮力向上奔游的樣子，不知道他在慌張什麼？有時貼在水族缸外，看著這個縮小的海洋，不禁也會想起在我們的生活之外是不是也有人這樣趴在大氣層上看著我們如此用力地呼吸著。

我確實也曾經是《楚門的世界》裡的楚門，是過了很久以後，我才知道自己在家裡的一舉一動是被遠端遙控的監視設備窺看著，彷彿這個家是一個透明的水族缸，豢養我的主人顯然有堅定的掌控欲或者疑心病。如果長期跟一個總是不願家裡被任何人入侵包含我的親友，而且慣於咆哮、動不動就拳頭以對的人相處著，化為無脊椎的軟體生物隨波逐流與世偃仰，不要有自己的想法，就是全身而退的自保之道了。

再不然也得成為擁有一副硬殼的螺，隨時有保護自己的力量。人們總說螺走得笨重，我怎麼都覺得他的人生輕盈得隨時可以帶著家當走，如果可以，我也想馱著這個包袱，緩慢而輕盈地離去，累的時候至少有個地方躲。

否則，真的就會變成那些蝦子，鎮日焦躁，千萬隻腳慌慌張張，躲這裡躲那裡，沒一個安心處。現實生活裡的我，有時還真像隻卑微的蝦。

想起一次忍不住買了一隻奢侈的牛角，因為小巧可愛像極了河豚，嘟著的嘴有種啾咪的喜感，兩側魚鰭不停地焦急拍動著像是蜂鳥，彷彿必須那麼用力才能撐起自己的身子。我吩咐老闆給多點水多灌點氧氣吧，待會兒並不馬上回家。

走在水族街上，有種在傳統市集裡採逛的趣味。許多店面像五金行那樣掛得叮叮噹噹，每逢松山機場進出的飛機低低飛過時，總有地震來了東西隨時要砸落的錯覺。地上那一盆子的巴西烏龜、密密麻麻的泥鰍，或靜靜疊坐著總是朝向同一面的青蛙，猶如新東街草埔市場裡某些店家攤列在門前的進口香菇、蝦米和蚵乾，可以一勺子一勺子的秤重販售。

所謂生命斤兩，無足輕重。覺得價錢可以了，一勺子的生命就這樣帶著走。

帶著這隻牛角隨意走進任一家擁擠的店裡，恍若自己是一尾魚游進任一個岩洞，穿過門前的濾泡棉、枯石枕木、堆砌起來如危樓的玻璃缸之後，就是另一座水域，別人的家。

我喜歡看看別人的家，尤其是夜裡的公寓大廈，那些亮晃晃的窗櫺，一格一格如透明的水族箱，屋裡的魚從一個空間游向另一個空間，所有的對話吐著泡泡有如默劇。我慣於想像一個家應有的樣子，然後沉溺於不同格子裡同步上演的百般生態。

擁有一缸魚，似乎也在操弄一個生態。經常，這樣的詩句就在耳際迴盪，「你站在橋上看風景，看風景的人在樓上看你」，有種螳螂捕蟬的弔詭。於是我其實也是某一種水族，裝飾了別人的夢，一舉一動都被缸外的世界窺透。

我偶爾瞄一眼袋裡的牛角，一個生命就這樣被拎往另一個空間去，不知道外面變化的街道看在牛角的眼裡，會是怎樣的風景。有時覺得自己就是袋子裡的生命，被誰選走了，就要相信那樣的命運，像是人們總喜歡說的油麻菜籽命。

記得結婚那天，母親潑了一盆水，習俗中嫁出去的女兒像潑出去的水，而有些事也真的是覆水難收了。從台中盆地被拎到台北盆地，如同換了一只水族缸那樣容易；有時又覺得是淡水缸過渡到海水缸，那樣艱難。

進了家門，小心翼翼地將鼓滿空氣的塑膠袋放進缸裡，等待內外水溫一致，彷彿來到一個新地方，必得觀望這個空間的溫度，熟悉這個生態的氛圍，然後才能放心地把自己給交出去。然而，我是在跌跌撞撞之後，才意識到這件事的重要性，在那之前買回來的水族會被直接丟進缸裡，竟是不久之後就被這個生態給淘汰了。

可以解開紅色塑膠繩的時候，我提起袋子的兩個角落，讓牛角順著水流滑了進去，造浪馬達把他吹得到處漂泊。「這是你的新家喔！」一對藍色的眼珠子真漂亮，不時上下左右打量這個世界的氣味。有時我也疑惑，魚會流淚嗎？在水裡有誰看得見？

聽說牛角遇到攻擊就是玉石俱焚，釋放的毒素會要了周圍魚群的命，連自己都難以倖免。我終究不會是一隻牛角，沒那樣的勇氣。起碼不能要了小丑魚的命。

所幸，缸裡沒有攻擊牛角的狠角色，兩隻小丑魚偎著海葵，蝦群時而焦躁時而安穩地逐水流而居。幽微的藍光，壓抑的藻類，蛋白機兀自運轉著，似乎在確保這個生態不致於太失衡。那是一個自足的世界。

我的世界也是如此自足吧。生活在被圈起來的海域裡，日復一日如缸裡的魚穿過公主海葵、活石岩洞、藍鈕扣、飛盤、草皮、丁香，碰到缸壁再回過頭來丁香、草皮、飛盤、藍鈕扣……在看不見的城市，我們都在摸索一個家的樣子。

後來孩子告訴我，電影裡的尼莫和玻璃缸的魚終於回到大海了，我才知道被豢養的魚，不必然得認分地待在楚門的世界裡，鎮日遊走於相同的面孔中。

我不知道要為那晚的突圍，付出什麼樣的代價。然而我想養一株羽毛藻，摘掉藍光，任它茂盛地越過缸口，彷彿從松山機場起飛，飛出疆界。

界外總有光，缸裡的岩洞因而不那麼黑暗，偶爾透著玻璃還可以看見一片天空藍。藍天裡的雲穿梭在這缸生態中，幻化成一尾一尾友善的魚，是警員、是護士、是社工、是朋友，是放學時在校門口殷殷盼著我的那雙澄澈的眸。

那晚，我對著前座的年輕警員說：「我可以在這裡下車嗎？」

「妳家不是還沒到？」

「這裡走巷子可以回去。」

他沒再說什麼，只是提醒我要注意自身安全。

我回頭步行，甚至小跑步起來，殷切地尋覓水族街上的那一扇窗。我想記住這個地方，決定隔天來帶走藍光裡的那株羽毛藻。

女體

那時我經常分不清全身濕漉漉的老奶奶是正面還背面，上面或下面，有時猛一抬頭看見五官，才知道我面對的是一組垂落的乳

如果我是好色之徒，那這工作真是太美妙了，每天看透一具具赤條條的女體，並且堂而皇之，可以捏遍各種肉質，練就閉著眼都可掐指一算躺在這裡的重量。

然而我不是好色之徒，無關性別。我總暗忖，生小孩是不是原罪？個個來看診的都說，餵母乳才變這樣，都是因為懷胎撐垮了肚皮。彷彿在安慰自己，本來是好樣的，是因為某些偉大的理由，才落得今日的犧牲。

要讓那失去向心力、往四面八方潰散的肉兵重振士氣，不是一般教戰守策可以訓練得來，有些道術總得水到渠成，天時地利人和，你信了算，我老闆說了準，不論外界如何質疑，要記住風雨生信心。一針一針紮下去，種了滿身稻秧，我們都得靜謐虔誠，祈禱某天大豐收。

我會來驗收，一串一串摘起稻，俐落迅速，想像這些肉身曾是多麼紮實的土壤，行過太多秋冬，乾裂或者鬆動，即將步入休耕。所以她們來了，帶著許多床笫間的故事。說老公寧可背對她，自己解決，也不願把她翻過來。說老公把燈關得黑暗，伸手不見五指那樣的暗。說老公成天就誇總機小姐屁股有多翹。說老公叫她不必褪下衣裳，美其名怕她會冷，然後工具性地一下子完成男人的烈火。有些在醫美那裡失敗了，或不敢動刀，就來這裡死馬當活馬醫。

我那女醫師老闆非常嗆辣，一一開罵這些總有一天會陽痿壞去的男人。風雨生信心的背後，經常也得確認有顆火力超強的烈陽，讓我們不至於太冷。

我把紅外線燈具挪移過來，精確避開胸口，普照這片女體的下腹。如果鏡頭就截取那皮肉軟癱的片段，你會以為來到快炒店廚房，或者市場裡的豬肉攤，那些放在水裡待沖洗的大腸，肥嫩肥嫩地鎮日掛在腰間，想也難過。（不知道老公不把她翻過來，是不是因為翻不過來，還是滿足欲望前，必須費力掀開一層層，太麻煩了所以。我有點責怪自己真沒同理心。）

送走她們的時候，依然肥嫩肥嫩的，但胸前兩坨肉站了起來。肚子那一圈稍微，稍微收斂了一點。個個喜孜孜的，有些還包個大紅包給醫師，或買個小蛋糕給我。

久了，我也不太確定，是看多麻木了嗎？胸前兩坨到底有什麼吸引力，下腹收斂的那一點點又如何。終有一天要崩場的，藤蔓似地攀著樹幹，多餘的皮膚多餘的蔓蕪，大抵是真皮層下的彈力纖維萎縮斷裂了，以前護專教的那些。除了妊娠的代價，就是老了吧。

想起那年在安養院工作，扶著老奶奶走向浴室，清洗過程非常費力，層層疊疊垂掛的皮，非得剝開來洗刷，才能徹底避免藏汙的可能。那時我經常分不清全身濕漉漉的老奶奶是正面還背面，上面或下面，有時猛一抬頭看見五官，才知道我面對的是一組垂落的乳。

現在，我每天都要看盡一組組垂落的乳，一組組衰頹的愛，我以為用抗拒地心引力的肉身去換取些許垂憐是無謂的。許久以前，那個我喜歡的男生蹲踞在地上，抵抗班導蠻橫的力道，最後以一種不是很帥的姿勢像是待宰的豬隻被拖了出去，我也以為是無謂的。在我的劇本裡，男生毋須費言，必要挺直身子，逕向門口走去，站在教室外的悲壯將是無邊落木蕭蕭下。應該是那時候吧，我就沒那麼喜歡他了。

小五那年，覺得胸部要脹滿一片稻穀了。嗆辣的班導不斷告誡我們吃飯不要講話，午餐時間可不可以安靜點，她說吃飯說話會把飯粒吸進肺部，霉了的飯粒會在肺裡住下，長成一地的暗黑，還不忘播放幾個嚇死人的肺葉黑掉的投影片。

我真以為我嗆進的一粒米，要在肺裡發芽了，在那分不清楚自己可能在發育的年紀裡，我日日癱在床上等死，總覺肺裡累積太多罪惡，老師說吃飯不可以講話，我偏要講。老師說安靜一點才是有氣質的好女孩，我偏偏就覺得不講話會死。現在我覺得自己要死了，拿起長條狀運動毛巾就往脹痛的胸口束上。像是止血，以為就不會痛。

那陣子中午大家吃飯安靜多了，除了我曾喜歡過的那個男生，在一次大聲笑鬧後，硬是被班導拖了出去；除了我一次大聲說話也被班導叫出去，我直挺挺走向教室外，沒有無謂的抵抗（班上女生說超帥）。殺雞儆猴後，我們班在學期末真的拿到秩序獎。從訓導主任手中接過錦旗，風紀腰站得筆直，班導在烈陽下笑得好辣。

針灸的密室裡，一具具的女體來來去去。我真像工作在市場裡的豬肉攤，鎮日負責拔除一根根扎在肉體上的剛毛，用棉球吸除滲出的血水，然後按摩，像是打拋豬或捏起一球肉漿，要奮力抛接成彈性十足的貢丸，我彷彿想到如果在這裡失業，下一個工作是什麼了。

如果我的醫師老闆知道，這個標榜清一色女人，女人了解女人，只有女醫生女助理的診間，其實住著一個愛戀嗆辣女人的不像女人的女人，我應該就要失業了。然而我終究沒有失業，我太有道德，以至於我每天都以為自己是在安養院裡，用力清洗一串串肥滿的大腸，按摩著一組組垂落的去了毛渣的肉皮。然後熟練地用紅外線燈照耀肉身，以免褥瘡上身，喔不，是循環順暢好吸收也好排毒。這樣的挪移、揉搓和走走看看，乍看有點無聊，有時遇見龐大的女人，翻面過分費力，我的肌腱炎和網球肘又要隱隱作痛好幾天了。

然而很好，起碼手臂愈來愈強壯。強壯得可以帶著我的她走向任何一個我們都會快樂的地方，不守秩序，被趕到教室外，在烈陽下自己給自己頒發錦旗，腰桿子很挺。

桐花順

那些熱烈的情愛，熱烈的爭吵，熱烈的傷口，和滲了血然後隨手一抹的無關緊要，像是把玩著自己的青春，任它奢放一地如遍野桐花，就這樣無所謂地踩踏了過去

很長一段時間，我以為雞蛋花就是桐花，像是老把牡丹跟玫瑰弄混一樣，朋友總笑我搞不清楚狀況，我相信這個邏輯大概等同於路痴。

在意識到自己不盡然是路痴之前，就是仰賴他人操盤著我的方向感。每齣青春年少都會嚮往的轟轟烈烈，勢必總得在某個時機到了的時候，忽然回頭看看那灑落一地的血紅玫瑰，才會發現從前踩踏的步伐是如此凌亂、慌張而顯得過於急促了。倘若重來，還是走得平坦，風景田園，不必絢爛一片。

像是那些年與三兩好友踏在桐花步道上，我沿著斜坡回眸拍了一張照。在那個有底片的年代，我們這群花樣年華會笑稱自己是雪中精靈，現在的我只願是桐花中的白蝶，

不必清淨脫俗，我想要平凡再不過的幸福，十二月太凜冽，不是適合漫飛的日子。如果可以，希望在五月，如那天我們看見的新嫁娘，一片裙尾迤邐在滿是雪色桐花的坡道上，傾斜的角度流利得如一條傾瀉的小溪。我慣於貪看這樣的畫面，輕躡著細碎的花瓣，經過一旁遮遮掩掩以免入鏡。攝影助理高舉著反光板打光，白花花地有點分不清楚眼前這一幅，是白紗，是桐花，還是新嫁娘的齒貝。但覺在溫暖得剛好的季節裡，潔白如此令人嚮往。

我終究還是相信他的承諾，急著在寒冷的十二月，捧著玫瑰，踏上大家祝福的彼端，在那座每年都會開滿桐花的城市裡。

我們居住的社區有幾株雞蛋花，也盛綻在桐花開放的季節。五片花瓣輪疊而生，飄落的姿態像是一朵紙風車，起初我還興奮地以為原來家裡樓下就有桐花，他說拜託那是雞蛋花。撿起雞蛋花，我為自己的耳朵別上，學起南洋的浪漫。我喜歡有點清香，他老實不客氣地警告小心有毒。我想我不必然會傻到吃掉花，微毒又何妨。

我帶回幾朵雞蛋花擺放在盛了淺水的玻璃碟子上，偶爾讓精油香薰器水霧氤氳地兀自繚繞，彷彿就可以複製峇里島SPA館裡的慵懶。他則偏好在特別的日子帶回一大束火紅玫瑰，擺了幾日，除掉包裝紙，我撿起幾莖尚好的，剪去泡過水霉爛的枝葉，擺在一起插入玻璃花瓶，經常免不了的便是被花店未整理乾淨的玫瑰細刺給啄傷。啄痛的傷口，就是往身上一抹，如果滲血，頂多面紙按壓一下，不需怎麼理會。只是痛覺微辣，像是毒素在騷動。

我懷念曾經的學生時代，曾經走過的那條有白紗的桐花步道。想再去走走看看，記得那附近有個車站，懷舊的，美食老街，吸引不少遊客，還不時會有最令人眼光停駐的白紗新人，春天時滿山桐樹頂著一簇簇桐花，人們說像初雪，我總覺那樣滿樹繁星的白，勻稱飽滿如此恆久，像是渾然天成的白。

也還記得車站附近那一處水煙腸攤位，豬腸裡填充著碎肉和番薯粉，涼涼的沾上桔醬，是迷人的混搭風。途中各式小吃或店家，有許多印象中的客式氛圍和呼吸，尤其是幾家店面裡的壁貼，有繽紛顯眼的喜氣花色。想起居住的社區旁一間古厝那位經常被外勞推著輪椅出來的阿婆，花白的鬢旁偶或簪著雞蛋花，有時外勞會幫她調整花的角度，她沒有太燦爛的笑，但也從不拒絕。阿婆穿著素淨，卻會踩上一雙有著顯眼喜氣花色的功夫鞋，違和但很可愛。那一個可以隨時推著走的水煙腸攤位，在學生時代經常與友人騎著機車從外地殺到這裡的歲月，就已經存在了，多年過去，攤位還在；賣水煙腸的女人，也還在。

女人手腳俐落，不論季節更迭，花色袖套總是密封到手肘，永遠戴著斗笠，斗笠上有一襲花布，細碎圖案不像附近店面壁貼上那樣繽紛，顏色柔和沒有阿婆足下那一雙喜氣，然而都是非常道地的風景。偶爾來幫忙的男人，口音相貌都與女人好神似，看來不像她的夫婿，也許是胞兄弟，他叫她「阿順」。她咧嘴微笑時上排明顯落了一顆小臼齒，沒有去補，空空洞洞地，可是她的笑容總是那麼飽滿。

那些時候我們會細細推敲著，也許這位女人堅韌的背後有段辛酸的故事吧，可能夫婿積欠大筆債款就跑路了，兒女尚小，她只能一肩扛起；或者夫婿遊手好閒脾氣暴戾，她落了的那顆牙就是他呼的一巴掌所致；還是家裡父母年邁，弟妹眾多，哥哥一事無成，長女的她一輩子不嫁只為家計。有時我們也自覺是不是想得太悲情了，可能這單純就是她選擇的工作。無論如何她的精神裡必定是硬頸而堅毅，才能如此殷切得風雨無阻四季如春。我們的故事總可以編織得燦爛，步調可以走得格外緩慢，青春就是這樣漫無目的天馬行空。

我們私下喚她「桐花順」，在一個滿山都盛放桐花的故事裡，希望她的人生不是只有順從，還要順遂。

回程的路上，機車彼此呼嘯，我們喜歡唱那首〈我和我追逐的夢〉：「我和我追逐的夢擦肩而過／永遠也不能重逢／我和我追逐的夢一再錯過／只留下我獨自寂寞／卻不敢回頭……」一條不歸路也要唱得如此壯闊，年少時那樣義無反顧，喜歡看著前方的路。

後來的假日，我和他偶爾也會去桐花順的攤位買水煙腸，他沒興趣揣測關於桐花順的人生，直接就踏上山區的步道。有桐花的季節，我特別喜歡觀看一組一組的新人穿梭在綠意和淨白中，感受他們身上散出的那種，那種夢幻清新的氣味。婚紗照最終的命運也許是棄置在床底下或儲藏室了，然而即使是剎那，也要絕美，如果美麗總是乍現，更不容錯過那僅有的綻放。有些耽溺，就適合這樣獨享。

他的腳程愈來愈快，我只得跟著後面喘息，我想撿一朵桐花，他說每年都看得到，撿回去還不是會爛。可是玫瑰也會凋零不是嗎而且多刺，這次我沒有回嘴，沒有不凋零的事物，沒有無刺的玫瑰。

如果不能並肩而行，我勢必得學會自己走路，看自己的花。曾經，細細碎碎刻意為之地踩踏著滿地桐花走，風起的時候，幾朵未被踩膩尚是輕盈的花，就翻飛式地逃走了。忽然覺得有點自責，就算沒有黛玉葬花的悲憫，也總要有寶玉捧花逐水流的憐惜，面對走到半途鋪滿桐花的這條步道，尷尬地覺得前行不是，想回頭也不是，半途又覓不得出路。

現在才忽忽覺得，有些不適合的情感，也是前行不是，回頭不是，半途覓不得出路。即使對方沒有捧花逐水流的憐惜，然而彼此親族都有過多的盼望，生活從來不是兩人的事，面對這些磅礡的垂愛可能還是需要一點悲憫，否則就是不盡翻飛的自責了。

以前讀到夏宇的〈秋天的哀愁〉：「完全不愛了的那人坐在對面看我／像空的寶特瓶不易回收消滅困難」，當時不太知道為什麼不易回收消滅又困難，不合用不就踩扁丟掉就好了。現在可能明白，丟掉了還要再去買一支瓶子多麻煩，或者當初見證你買了這瓶水的親族，會頻頻詢問瓶子還堪用為什麼要丟棄。與其解釋瓶口會刮嘴，瓶身內已經霉了，用再細密的刷子清也清不掉，這陣子腹瀉可能就是瓶子該汰換了，不如率性消滅否則就是將就用著，以免要面對一群人對於你不夠環保的質疑。

刮嘴不合用也只能把水倒在杯子裡，換個方式讓自己不受傷，但腹瀉就是一直了。況且，有些塑料瓶子放久了有毒。我和他就在慢速之中讓毒素餵養著，迷茫之中一直迷路下去。

有爭執時，起先是他說我說，變成他說我不說，後來他不用說也贏。略過秋天的哀愁，屋內經常凍成凜冽的十二月。

年少輕狂啊是多刺的玫瑰，色澤繁華，氣味血腥，握得太緊就是傷痕累累。那些熱烈的情愛，熱烈的爭吵，熱烈的傷口，和滲了血然後隨手一抹的無關緊要，像是把玩著自己的青春，任它奢放一地如遍野桐花，就這樣無所謂地踩踏了過去。我曾經追逐從樹梢飄落空中的桐花，不知道為什麼就那樣執著，認定了那一朵，便宿命地追逐著，然後迷失了方向。

學會分清楚桐花不是雞蛋花，玫瑰有刺不能用力抓握的時候，才意識到曾經迷路了那麼久。如果說迷路也是一條路，那麼因為追逐那朵桐花而踏上迷路，算不算一種明朗的隱喻？想起李商隱一句「不知迷路為花開」，迷路時有花香，花香裡有迷路後的嚮往，許多曾經想要的漫飛，原來也需無心插柳。於是，我因而得以摩挲花瓣，感覺那樣的細如絲綢不若雞蛋花的厚度；蕊心吐出幾莖，原來雞蛋花沒有；油桐葉有婿娜的曲線，雞蛋花葉則是大把大把的粗獷。

步調不一樣了，就一前一後地走著吧，平行兩條線無妨，蜿蜒也可以。路很遠，無色無味，卻是安靜恬然。

後來，我也會自己去走走那條步道。桐花順斗笠上的花布時而隨風飄動，看著她那曬得乾澀的唇，時不時綻放缺了一角的潔白，畫面彷彿定格，時間兀自流動，人們來來去去，桐花順的笑容恆久地像是每年都會再現的桐花，澄澈堅定，平凡中自有安穩，安穩裡醞釀著長長的幸福，尤其在凜冽的十二月，攤位還在，道地花布還在，熱騰騰的招呼都還在。

牌局裡同花順的企盼可能太過奇蹟，那曾是年少時所憧憬的完美。也許，完美不盡然只有盛綻，凋零未必是悲憐的濫觴。那滿地的雪，何嘗不是生命完成的禮讚？就讓那些花逕自飛往自己的方向吧，毋須追逐，踩踏可以自在，花飛花落化作春泥一片。我和我追逐的桐花，自有方向，如年復一年開了又落落了又開那樣自然，雄花翩然落地，雌花飄下一瓣瓣，留著蕊心延續生命。生命各有職分，如同歧路，出口在不一樣的遠方，遠方總有陽光。

有陽光的五月，偶然輕風一陣，漫天飛雪，如驚起的蝶，拂來一種山嵐式的包圍。像是立在雲中霧中雪中群蝶中，春末的微涼在心頭蕩漾，生命裡的驚奇原是無數朵平凡的匯聚，潔白如桐，繁華似花，那些熱烈驚歎的過去，在某個寧靜的午後，於一座有桐樹的山間，漸次淡去，然而前方的路卻格外明朗。

前方的路旁，不知何人如此風雅堆起纖小的桐花，細密地排成一顆純潔的愛心，淋過雨水，垂縮了的嬌嫩花瓣如蝶翼，黏守著地上那片土，好像愛或者其他也變得如此牢靠。

走在自己的路上，抬頭獨享一片油桐樹，有風襲來，葉片窸窸窣窣，被陽光填滿的縫隙，是溪流上波光粼粼的金粉。金粉撒在新嫁娘迤邐的裙襬上，白紗傾斜的角度要流瀉成一條小溪了，一路潺潺潺潺，幸福彷彿那麼長。

染髮

她繼續囔囔該不該染掉是不是可以拔除，蹬羚般咬字清麗。而
我看著鏡中反射的自己，黑罩袍子上一顆塗滿染膏的頭，濘滯
頹塌，像是黏到瀝青

下午要開會，出門前對著鏡子刷牙的時候，便發現自己應該要染髮了。想及會議廳階梯形的座位和亮晃晃的日光燈，後排的人居高臨下，一定會看見我新冒出來的白髮，漱口之後，便立即在手機滑起通訊錄。

常去的那家髮廊電話一直沒人接，我才想起今日公休。於是趕緊找了一間陌生的髮妝沙龍，設計師初次見我竟也掏心掏肺起來，說他剛從馬來西亞進修回來，深深覺得台灣很多女孩子長得漂亮，可惜沒有特色。

「妳也是。」

我看著鏡子裡的自己，不確定應該為他的話感到開心還是難過。交淺言深，話說得

直白如素箋上驟然一滴墨水，來不及吸抹就在安靜的小島上肆虐炸開。

設計師反覆翻攪了我的髮根後，又說了：「妳看起來年紀輕輕怎麼白髮這麼多？」他像是在研究猛獁象的毛髮，放大鏡都要拿出來的那種精神：「奇怪，又不像少年白。」

其實我也狐疑，不知忽然是從哪一年開始，白髮遂如千樹萬樹梨花開了。長出來了的白髮再不曾返回烏黑，就像自楚奔吳一夜白髮的伍子胥，從被追緝的惡夢中醒來後，也沒回到不再有愁的過去。而此後，到底是因煩惱白髮而使白髮猖狂，還是因為白髮猖狂而使我益發煩惱，就像先有雞還是先有蛋一樣難解。

然後就一直染髮。

曾聽見鄰座來剪髮的年輕女孩對設計師嗔怨地說，今早發現自己那萬黑叢中幾根白，哇啦哇啦地哀嘆已初老。我的白眼都要翻不回來了。她繼續嚷嚷該不該染掉是不是可以拔除，蹬羚般咬字清麗。而我看著鏡中反射的自己，黑罩袍子上一顆塗滿染膏的頭，濘滯頹塌，像是黏到瀝青。

小六轉學那年，初次見面同學戲謔我那滿是汗漬的黏膩頭髮，在我面前恣意唱起「黏仔膠黏著腳」，此後我每天早上起床便要洗頭，關在浴室裡擠了大把大把的果香洗髮乳一直洗，像是黑人執意要洗去膚色結果洗出了血那樣用力。

還有國一入學時被要求清湯掛麵，不料剪子過度俐落麵條一下子縮得過分，耳上好幾公分的過分。回了家立即向母親要條絲巾，以為一圈又一圈封住脖子，就可以封住大家的嘴，就可以和大家一個樣。

也以為不一樣，都是從頭開始。班上同學男的女的喜歡抓髮抓瀏海的，頭髮過長被導師操起一把剪去的，偷偷挑染一撮藏都藏不住的，往往都被判以不愛讀書淨在枝微末節搞東搞西的罪刑，最後流放到邊陲。

也以為書裡的知識讀不透，拔了頭髮就會頓悟。醫學上推斷喜歡把頭髮拔得光禿的人們也許患了拔毛癖，名稱雖不優雅卻是完美性格所致，說是為了減輕過高自我期許的一種強迫手段。以前常去的K書中心裡有許多考生，一手執著筆不斷地轉，一手抽拉著髮絲然後繞髮。那樣標準而虔誠的動作，像是在廟裡祈求自己真能在百般鍾煉後遇上任何試驗便能摧枯拉朽，拉起髮絲般輕輕鬆鬆。

那麼又要如何解釋那時的我老愛在黑裡尋覓白髮，然後荒廢大把讀書好時光，仔細端詳起每根被奮力連著毛囊拔起的髮絲？只覺一根髮煞是奇妙，新生處是白是粗，髮尾的老舊倒是又黑又細弱。

莫非，彼時是白髮生成的瞬間了。

至此，才驚呼生命中一些事情發生變化的時候，竟是慣性放縱自己沒有白日黑夜，等到有心思照照鏡子的時候，才驚覺不是一根兩根白髮，而是已經到了要終身染髮的地步了。

不得不認同那位哀嘆已初老的女孩，她的嚷嚷是正確的。

後來慢慢發現，頭髮黏膩或者太短，其實都不是什麼大不了的事，洗過便好、耐心等著變長就是，像是黏膩生厭或者太過短命的情感，都還有機會東山再起。然而白髮，然而光禿禿的頭頂，那些折磨生命太過的情感呢？失去養分失去光澤空洞洞了之後，不知還有沒有春回大地的可能？

我還在猶豫這次染什麼色澤好。鄰座走進一位只剩一撮頭髮的男士，聲量大得很，晶亮頭皮上幾根稀疏毛髮泛點褐黃，在鹵素燈的熾烈下，竟如一盤剛上桌的拔絲地瓜，可口蓬鬆。跟我其實並不熟的設計師，此刻調皮地附在我耳邊：「他每個月固定都會來喔……」停頓幾秒再補充：「都會來染護。」

想起前陣子經血遲來，中醫師解說了關於氣血循環與身體乾荒的關係，看到我的花白，順道提及髮，所謂「腎藏精，其華在髮」、「肝藏血，髮為血之餘」、「血盛則髮潤、血衰則髮衰」……逆向來想，把髮顧好，腎肝氣血就好，人生就是彩色的。啊，鄰座這位真是仔仔細細，如此規律地善待自己那即將空洞的一塊腹地，滋養又光澤。

而看來，我的人生則是灰白沒有光，年紀輕輕便整副白髮，密密麻麻，如果我棄置它如一塊荒原，不知會頹唐到怎樣的地步？

實則不只一次看過少年白或者銀髮族天然不假欺瞞地維持原有的花白，並非一面倒都有頹唐感，有些反而瀟灑好看。總覺得這其中必定掌握了什麼訣竅，我估量著自己到底能不能駕馭白髮的狂妄滋長，在迎風時也能搖曳著滿天星的雀躍？又怕一個掌握不慎，真要成了秋後江邊無人護持的蘆葦了。

大概是煩惱多壓力大吧，多數見我白髮的人，會這樣推測。有時攬鏡自照忽也能體會唐代文人那種「最憎明鏡裡，黑白半頭時」的憤懣，還有「白髮生偏速」的莫可奈何。說到底還是要怪李白造了個「白髮三千丈，緣愁似箇長」的句子，我的白髮遂與愁永不分離。

曾在書上看到關於三千煩惱絲的些微科學依據。原來，人類的頭髮中含有皮質醇（cortisol），那是俗稱的壓力荷爾蒙。也就是說人體內的皮質醇，會經由血液、汗腺及皮脂腺的分泌，儲存到髮絲裡。是以只消檢測頭髮的皮質醇濃度，就可得知一個人的慢性壓力指數有多高。

書裡還說，頭髮的成長速度平均一個月一公分，自髮根算起三公分，便儲存了過去三個月的紀錄。這麼說，頭髮固然沒血沒肉卻是有生命是有記憶的。無怪乎除了尿液，頭髮也適合用來逼供藥物或毒品窩存的祕密。

那麼，染髮便是一再化武攻擊，一再損害髮絲裡的皮質醇濃度，讓頭髮一再失憶了。不知道是不是因為想忘掉一些事，我也就不停地洗髮、不停地染髮、不停地讓化學藥劑恣意地侵蝕記憶。不美好的過往如褪去黑色素的髮絲，氣血衰頹沒有養分，卻又如新生白髮生存意志如此頑固。乃至有陣子無法忍受幾釐米的灰白，竟要每隔一個月就染髮一次。

除了壓力，據說，睡眠、健康、過度吹整和年紀，都可能讓毛囊老化、氣血不足，使黑色素細胞內生成黑色素的酵素失去活性。人們都說吃什麼補什麼，所以吃腦補腦，吃肉補肉，吃黑就是補黑了。倘若一顆心因情人離去而空蕩蕩的，那麼該吃什麼填補空缺好？

離家之後，櫃子裡一陣子就塞滿母親為我寄上的黑芝麻、黑木耳、黑桑椹、黑糯米、黑豆、昆布海帶，說是吃黑補黑，連雞湯都勸道要吃烏骨的，最好加入何首烏藥材。不善煮食的我，經常是荒廢一櫃子的食物任它衰老壞去。霉了的食材，蒙上一處處的青和白，比我的髮絲還白，比那無端失去情人後的日子還要蒼白。

既然中醫交代「肝藏血，髮為血之餘」，《黃帝內經》裡一句：「人臥則血歸於肝。」那是勸人多躺著吧，睡夢中肝血養足，髮絲養分充沛就不老去。這簡易至極我最能接受，卻不料在經常困乏到極致的時候，翻來覆去愈想睡愈睡不去。

那就是太疲累了，朋友建議我按摩、梳頭，還教我頭頂哪處是百會穴，可以用指腹按揉，用木梳輕敲，氣血流動了身子也會放鬆。我心想那不是囟門嗎？曾經看過熟睡的小嬰兒一呼一吸時，他的囟門竟像求偶時的蛙類鳴囊，撲通撲通地鼓脹又消去，彼時我的耳畔彷彿出現一連串瘋狂索愛的「給給給」，驚悚片般令人想尖叫逃跑。

有次在電視節目裡看見女星們在試用一種「魔髮粉」，據說那是以天然礦物著色的植物性豐髮纖維，魔法般一撒，瞬間增髮也遮掩白髮。自小六時被同學嫌棄的那天開始，我要天天仔細地洗頭，那麼魔法般附著在髮絲上的纖維是不是天天也跟著彩妝一起旋入下水孔，多麼壯烈啊才赴戰場一日！我要的是一種細水長流，倏忽的激情後只怕更空洞，我難以接受豐厚之後一夕之間的流逝。

曾有人推測說這也許是遺傳。不是那樣的，我的父母一頭黑髮很久了，直到前幾年他們進入花甲後，也才明顯看見花白。

還住在家裡的那一陣子，每隔一段時日，就會看見母親張羅好道具仔細地為父親染髮，空間甚為靜謐，一綹一綹地時光被拉得細長。步驟結束，洗個乾爽的頭，看見父親一臉精神地對著鏡子撥弄頭髮，還邊讚歎染髮膏真是迅即又經濟的回春劑。然後換父親為母親染髮。

也曾學著父母買了染髮膏回來。栗子黑，盒內有兩劑、簡易的髮梳、簡陋的手扒雞塑膠袋手套。就著鏡子，一手用梳子沾些染劑，一手撩起髮根，鏡內鏡外左邊右邊老是對不準，遂如塗油漆一點都不優雅地刷了過去，不時還得懊惱越界刷到額上的那一小緣，該如何揩去。

頭髮啊是歲月的哨兵、老去的斥候，當流光攻占山頭，不得不染上偽裝，如一叛兵逆伏著，力抗年歲的侵襲。這樣的游擊戰能撐多久就撐多久吧。

確實也認真想過除了染髮之外的途徑，但總是抵擋不住狂妄滋長的速度所帶來的挫敗。於是安慰自己，美男子潘岳年過三十兩鬢也已斑白，我尚且還能學學東坡「膏面染須聊自欺」，自欺得風雅。

因而管不得耗時、所費不貲或有損健康的勸說，就慣性地一直往髮廊跑，追尋那些虛飾的、不會太長久的歡暢，過期了就要再染上一頭青春，瀝青一樣黏滯。

猶記髮禁解除的初幾年，忽然就可以看到許多學子頂著一頭抹茶綠、寶石藍或者背影橘（便是傳說中朱自清〈背影〉裡父親攀過月台一股腦兒把橘子交給兒子的朱紅色澤，我倒是期待「芥川龍之介橘」的說法，〈橘子〉裡那灰濛濛的低級的無聊人生裡一閃即逝的鮮豔），染髮愈來愈不是我想像中的只為遮遮掩掩，有時乃用以宣誓我之本色，有時則如手機包膜車體包膜般求一種殊色，有時更因染色而更添得意之色。

於是染髮、抓髮、蓄髮甚或繞髮，都比拔髮拔個精光來得好。一頭青山綠水，柴火慢燉，總也能煨出自己的色彩。

這陣子，身邊許多青春臉孔，喜歡把頭髮的黑色素洗去，染上各種色調及漸層的奶奶灰，一種時尚得很的萌灰，姑且讓我把它曲解為一種童顏鶴髮的神仙概念，灰也可以很靈氣。

「要不要幫妳染個特別的顏色？」設計師彷彿想大刀闊斧來個世紀大改造一樣雄心勃勃地提出建議。所以他是要調個冷豔藍灰、溫暖咖啡灰、沉穩漸層灰，還是萌感爆表的粉紅灰？髮廊音樂頓時激昂了起來，恰似蛙類鳴囊鼓脹著瘋狂索愛的「給給給」，我忽然以為自己待會是要去參加一場盛大的cosplay。

還是嚮往父母彼此挑染的那些老派午後。如果任一頭白髮滋生，會不會遇上一個人，願意一起白頭可以偕老。若我任性搖頭說不要、我不要白髮，他就會幫我買一支染髮膏，拙拙地拿起髮梳就著日光燈為我染起髮來。

葉慈（William Butler Yeats）在寫給他所愛慕的女革命家茉德崗的詩裡〈當你老了〉這樣說著：「多少人愛你青春歡唱的時辰，愛慕你的美麗，假意或真心，只有一個人愛你那朝聖者的靈魂，愛你衰老的臉上痛苦的皺紋。」那麼就只需有一人，愛我衰殘頭皮裡那哀傷的白髮，靈魂也就足以再生了吧。

腦中浮現脆瓜廣告裡兩人蹣跚地手牽手說老耶明仔日愛食素，有時則是某個胃腸錠廣告跪坐地上的兩個人互相拍拍屁股旁白說了腸胃好人不老。我也想那樣與情人一起老去。

我對設計師說：「時間好像不太夠，不然不要染好了。」我並不是因為他講的笑話不好笑，又問了個吹皺一池春水的問題，而拒絕染髮喔，當然時間不夠也只是藉口。也許是自欺的染髮終究並非長久之計，我渴望一種長長久久，白頭偕老的久。

想起那位頂上覆著拔絲地瓜的男士，如此規律地善待那樣的稀疏。忽然意識到能長久愛我衰殘頭皮裡那蒼蒼白髮的人，也必然得先是自己。

最後決定，洗個清朗的頭就好。在會議開始的那一刻溜了進去，果真只剩前排位置，腦筋蓬鬆鬆的，藏也藏不住的一截白髮。感覺一身輕快，氣血爽利，而其華在髮。

女王陛下

女王陛下時尚尖端的品賞可是眾人的雨露，妳害大家鬧乾荒了。不多久，只得又認錯巴結她起來

妳有沒有發現靜香身邊的女伴，都很醜。對，就是哆啦A夢裡那個靜香。男孩爭相喜歡，女孩站她旁邊就失色。如果妳以為接下來我要說的是：靜香是個不折不扣的女王。那就錯了，充其量她只是公主。

女王陛下氣場很強，且具排他性。靜香則看似柔弱，老師宣布要演一齣公主與王子的戲，同學都推靜香是公主不二人選，她還會無辜小狗眼地說：「啊，什麼？我呀？」女王陛下不會。她必是昂首淡定，就等眾人迅即把眼光聚在她身上，毫無丁點害臊。一副捨我其誰。

女王陛下出手甜蜜，時不時就賜予蛋糕飲料小禮物。但不曾給讚美，從來只有人讚美她，怎有她讚美人的道理。

她喜歡眾人都女神女神地誇她，濃蜜營養的美言是女王陛下永保美麗的祕訣。她也不吝現身說法教妳變美變好，例如妳穿了怎麼看都不對勁的紗裙還自以為很迪士尼，女王陛下隔天即刻示範紗裙穿搭給眾人看，不忘揶揄妳昨天一身的矬胖，妳要膽敢抗議，她會公然哀嘆忠言逆耳，「以後都不說實話了！」果真一陣子不再給評點。女王陛下時尚尖端的品賞可是眾人的雨露，妳害大家鬧乾荒了。不多久，只得又認錯巴結她起來。

讓妳想巴結的，還有她的真心。

她可以在某人發起熱烈團購的當下，看準時機輕步向妳遞上紙條，寫著那東西她有辦法在哪裡購入，毋須團購還更便宜，然後周到地又把紙條收走，讓妳連看完燒毀的動作都免去。

她還會提點妳要小心某處的暗箭，但從不透露暗箭潛藏何處。有人說妳壞話，在場的女王絕不表態、不替妳說話，事後蜻蜓點水似地提醒已是恩澤。她已讀妳的臉書卻永遠潛水不給讚，只有妳在明處的道理。她垂簾聽政般密密麻麻。

若妳被哪人給告白了，她不會順勢恭喜妳，要嘛就玩笑似地質疑那人的品味，不然就是：「妳不能跟我走在一起。」為什麼？「萬一那人看見我，被告白的人就不會是妳了。」女王陛下的幽默真黑色，黑的當然是妳這綠葉。不過紅花不帶刺，帶刺的淨是那些誓死捍衛女王的工蜂。

女王陛下的辭典裡沒有高處不勝寒，總有許多工蜂為她效勞。是這些工蜂的吹捧話術泌出汩汩乳汁，餵養著女王的皇冠。

若妳以為只要群起就能顛覆女王的地位，或者妳也可以豢養妳自己，那就太藐視自然法則了。

女王將要委屈地在巢裡嘆氣，說妳辜負她的蜜，哪怕蜜是妳自己採的。此後，她們的聚餐、她們的談話、她們的群組都不會有妳喔，是妳太孤傲活在自己世界裡。失去巢，這下妳真是格格不入了。

還是一窩蜂地跟著，跟著工蜂吧。因為，女王陛下對妳那麼好，女王陛下非戰之罪，女王陛下萬萬歲。

＊＊＊

還有人甘願奉妳為女王陛下，她一進到新環境，嗅錯氛圍。成天寶貝寶貝嗡嗡嗡地喚著妳。

聽說舊女王蜂會自動離巢，讓新女王蜂登場，否則新的會吃掉舊的，以確保自己的位置。

可是萬一沒有新的這件事呢？真是誤會，妳只是一隻發育不全的獨居雌蜂。正牌的女王陛下可能會生氣，獨居雌蜂膽敢不來當工蜂，還差點被捧紅成女王。女王不是公主，女王就是排他。

嗅錯氛圍的經常也會格格不入沒有巢，其實她自己的蜜已經淹沒到下巴，然而她依然尋尋覓覓找閨蜜（啊，閨中密友因為太甜美也成了閨「蜜」）。

人們以為剛好，兩隻被蜂群驅逐的獨居者，正好風雨共患難，湊成一對生命共同體。實則不然，想離巢的終究是倦了黏膩，不會喜歡被寶貝寶貝嗡嗡嗡地追隨著。「蜜」字好黏，那些口蜜腹劍、小人之交甜如蜜、刀頭蜜，還有太多窩裡反的新聞，不免令人疑惑「閨蜜」到底算不算一組危險的詞彙？

若說君子之交過於低窪，清淺如水，游不出深度，那麼陷在濃稠之中，把身子都溺了進去，為什麼就忽然令人想起了《紅樓夢》裡尤氏笑鬧中的一句：「吃了蜜蜂兒屎似的。」甜蜜得像屎。

好人太多

趴在地上的情書，每個字都像是放大的獸，一口一口吞掉一位少女的自尊

「這世界最糟糕的事之一，就是好人太多。」對於J說的這句話，我完全同意。「是呀，沒有壞人就不好看。」那時我正在追八點檔長壽劇，三八強演得活靈活現，讓人亂討厭一把的。可是哪一集沒有她，就像燙青菜少了油蔥和鹽巴，健康清爽卻是乾澀無趣。

J白了我一眼，俐落地把豌豆挑掉。雖然我並不挑食，但對於美式餐飲裡會出現像是快炒店炒飯裡的那種冷凍豌豆，也有點不能接受。所以看著J把豌豆挑掉，我竟也沒有想要揀過來吃的意願。

以前，很久以前，國中的時候，午餐時間J會轉過身來跟我一起吃飯，我們都吃著家裡帶來的愛心便當。不同的是，我媽會在中午的校門口等我去拿她剛做好的便當，她

的則是前一晚阿姨就做好，一早讓她帶來。「阿姨」是後媽，升小六那年J爸再娶，青春正要起飛的時候，飛來一朵烏也似的雲。一次J把便當忘在家裡，阿姨送來，如雲的黑髮飄逸得很。J拿了轉身就走。

便當從蒸飯箱拿出來時，青菜都有點萎黃了。J會嫌惡地把黃掉的青菜、豆子挑出來，不喜歡浪費食物（其實是永遠吃不飽）的我就會揀去吃，「不難吃啊，有點黃而已」。「有點黃，哦……」J說最後一個字「哦」的時候眼神有點低級，兩個國中女生就這樣眉來眼去，青春期的荷爾蒙讓一些無辜的字眼動輒草木皆兵。

青春期啊也把J催化得招蜂引蝶的。她總可以每天出門前吹好高角度瀏海，那個年代玉女都會流行的那種半屏山，山腳還要流瀉涓涓細流，一絲不苟在額頭上一排，整齊柔美，風吹來卻不太會動，摸起來很機械。忽然想到牆上那條貓尾巴。

我們坐在市區一家美式簡餐店裡，牆上的貓時鐘垂下一條長長的尾巴，尾巴是一節連過一節的鐵片，因而得以機械似地柔軟擺動著。如果要我窩在這裡很久，就算沒有靠窗，這幅貓尾巴絕對也是好風景。

那天我們就是約在這裡。有了工作以後，一次被安排去監考英檢，在監試會議裡我們小心翼翼地認出對方來。從來沒想過J也會當老師。

國中時我們在中部一所升學率很好的學校，男女分班、分棟，連樓梯也分性別，男左女右。高角度瀏海的J，沒有近視，眼珠子黑白分明，個性也是分明爽快。她的課桌上總有髮膠和鏡子，制服改得緊，中間印有學校LOGO的插扣尼龍腰帶一勒，前凸後翹一副螞蟻腰，非常招搖。

那麼我的清湯掛麵和粉紅塑膠框眼鏡就是招牌了。上學時精神不濟沿著牆壁走，撞上校門旁的鐵製意見箱，「匡」好大一聲搞得我昏頭轉向，眼鏡都歪了，自然忘記向站在校門口很兇的訓育組長打招呼，當場被她叫到蔣公銅像面前，罰一百次大聲的「蔣公早」。

新生訓練的某次升旗，恰北北的女班導趁著台上訓話時，溜回班上突擊大家的書包，沒有查獲任何違禁品，卻翻出J書包裡準備要給國三學長的情書。升旗解散後，J立即被扭送訓導處。

下課後我偷偷去探監卻久久無法接受面前的景象，一個漂亮的女孩子雙手被鐵鍊繞著，趴在地上用毛筆複寫情書的內容，字很大很大，長長的鍊子另一端串著那位很兇的訓育組長的鐵桌子一角。J抬頭瞥見窗外的我，瀏海黏滯在滿是汗水的額頭上，我愣愣地不知閃躲，她的眼神卻倏地閃爍了起來。

後來，她成了經常被罰靜坐在蔣公銅像面前的人。穿堂的人們川流不息，大家也不甚注意那裡有個人，彷彿她其實也是一座銅像。

忘了我們的友誼是怎樣的開始，好像我們同班而且都很會跑步，是在操場上認識的吧。但是為期一個月的暑期新生輔導一結束，我們的緣分好像就結束了。我在一場筆試裡進入A段班，她被分到B段班。

男女分班、分棟、樓梯分性別男左女右。現在連女生都分A和B，她的瀏海愈梳愈高，螞蟻腰偎在學長懷裡，眼神好迷離，見我就飄。

有一次，午餐後跑去福利社買我最愛的豬血糕（果然永遠吃不飽），擠爆的密室裡前面的同學往後退不偏不倚在我足上一蹬，我脫口而出「幹什麼」，第一個字因為被踩痛了不自覺大聲了起來，彷彿可以療癒唉呦的傷慟，於是「什麼」兩個字相形之下顯得太小聲了，不過，轉過身的那位同學顯然不這麼認為。

她氣魄地吐一句挑釁的「怎樣！」好幾個半屏山就一齊轉過身來，我感覺一片黑壓壓要山崩了，粉紅塑膠框怎麼可能怎樣嘛，不過是買個豬血糕，腳真的痛。鐵定寡不敵眾，何況我標準弱雞一隻。J走了過來，像是一片烏雲化進另一群烏雲中，拉著這些朋友說：「走啦買飲料啦，快午休了，妳們想被記喔。」對，警告記滿五支就送一次蔣公搖滾區。不知為什麼，以前唱著人類的救星世界的偉人，現在被拯救了我卻沒有鬆一口氣的快感。

J來時像雲，走時也是，眼神很飄。我多麼想念幾個月前的夏天，她牙疼去保健室，回教室時敷了一包冰塊，不忘從夾鏈袋裡撈一顆冰丟給我。下了課，我也如法炮製假裝牙疼，結果另一位護士阿姨叫我張開嘴，一隻棉棒沾了碘酒之類就闖進牙床粗暴地繞了一圈，一丁點碎冰都不給，小氣得要死又兇巴巴。出了保健室，只見J沒良心地笑得花枝亂顫。

國三那年的巴塞隆納奧運，中華隊大勝日本隊，電視裡的郭李建夫被隊友用力拋上天際，一下子就越過了鏡頭，舉國歡騰連西班牙的太陽都美得像是一幅青天白日滿地紅。隔天報紙寫著「中華隊大敗日本隊」，我忽然糊塗了，中華隊到底是勝還敗？不過我一下子就又不關心這個字眼，報紙左下一角特寫了日本隊投手小檜山雅仁的側面照，失敗落寞沒有光。可是很帥。我與我那A段班的同學嘻笑怒罵，她們知道打從一開始我就支持日本隊，怒笑我日本鬼子、叛國賊、小漢奸，送我手繪太陽旗，邊緣還故意用打火機烤個半焦，我偏偏就要自封雅仁嫂。

一次在操場，意外地碰上J，平時我們不容易相遇，B段班在校園偏遠的另一棟大樓。體育課的操場就像巴塞隆納的天空，有大勝的歡笑，也有失敗的懊惱。如果「大勝」等於「大敗」，「大」等於「大」，那麼「勝」是不是等於「敗」，我好像一下子懂了白馬非馬，好像又似懂非懂。J朝我走來，瀏海還是梳得很好，風吹不吹都不會有太大動靜，她手心遞給我一張有點捏皺了的小檜山雅仁，啊，她也看到那張失敗落寞沒有光的側臉照。

然後她像雲倚著身邊幾座半屏山，又走了。我遙遠一聲謝謝，淹沒在吹來一陣風的操場上。

我不是那麼喜歡風，教室裡講台上的電扇左右轉動，往我這邊吹來時，頭髮亂七八糟，一次理化課我把電扇關了，熱天裡那位曾用鐵鍊拴住J的訓育組長兼我們的理化老師，發了狂似地抓起電扇就往地上擲，眼神狠狠地對著我，彷彿我就是要與她作對。

那一個周末清晨，我跟爸爸去買麻薏，落在長春公園和台中酒廠之間，一處沒有招牌的麻薏攤。排在我前面的好眼熟竟是這位老師，她蹲著幫小女娃擦拭口水一邊扯住她免得亂衝撞，還不時地向旁邊等待麻薏的他人說抱歉。老師的視線好低，兩隻手好忙，那樣的焦躁彷彿來自於想控制住什麼可是卻又控制不住的挫敗。小女娃依然掙扎地咿咿呀呀，後腦杓弧度直達頸背。我馬上意識過來，小女娃應該是唐寶寶。

曾經不能理解訓育組長有必要這麼恰北北嗎，跟新生輔導時的女班導一樣，沒事就喜歡來個下馬威。J說阿姨嫁給她爸的時候，她始終都覺得不會有好日子過了，可是我知道職業婦女阿姨每天都幫她準備便當，菜色不輸給我那專職家庭主婦的媽媽。八點檔裡的三八強在被小三介入婚姻後，忽然一面倒地搏得觀眾的同情。好像她人其實不壞，只是嘴巴賤了點，就愛計較錢而已。

大勝與大敗，好人與不好的人，白馬是不是馬，我們好像一直都似懂非懂。

之後再沒聯絡了。國中畢業後，我在自由路上穿著綠衣黑裙，行過綠川經過佛教蓮社不忘敬個禮感謝佛祖庇佑，J念了遠遠的遠遠的一所私校不太有人知道。下了課我到水利大樓那邊的英文補習班報到，夏天太熱連夜晚都是，補習前習慣在一中街吃過冰，幾次撞見她一身輕便偎在男生懷裡，我不確定他是不是以前那個國三學長，可是J的螞蟻腰還是一樣招搖。

聽說中一中的校門換得閃亮亮了，不知道對面那家豐仁冰還在嗎？曾經J和他就排在我前面。我沒把握該不該打招呼，她也沒有要轉過來與我眼神對焦的意思。記得剛認識J的那一個夏天，在忠孝路夜市一家沁著焦香的小湯圓店前偶遇，她轉過頭來說湯圓冰超Q，眼神裡滿滿的讚，誘得我也點了一模一樣的配料。然而之後，卻少有機會再讀到她眼神裡那一模一樣的讚了。

是不是有許多由不得人的理由，迫得她的眼神改變了姿態？就像我不喜歡風，後來卻嫁來了風城。想不到J也來到這座有風的城市，她的半屏山早就不在了，瀏海細細地隨著風扇拂動，眼神時不時往貓尾巴看去，我也喜歡貓尾巴，可是天花板的風扇太強，不知道該不該請服務生關掉。

她還是堅持把豌豆挑乾淨，才開始用餐。然後告訴我她在某個國中擔任訓育組長。真是驚人。一個國中時被扭送訓導處，用鐵鍊栓在訓育組長桌腳，後來成為銅像旁另一座銅像的女孩，現在也坐到這副桌椅上了。

教書多年，再被找去接行政工作的那一個學期末，J阿莎力答應了校長，就趁著暑假出國旅行去了。回來之後，發現她的主任換了人，一個處室裡有三個組長是新手，連主任也是別的處室換過來的，行政人事大搬風，事情經常突然得不是計畫中那樣。

新主任老實地告訴她：「坦白說，我希望換掉妳，留住原來的組長，但她說要尊重妳。」後來，最圓滿的結局是已經調到隔壁處室的前組長願意隨傳隨到，情義相挺這個滿是新手的女子團體。J說初來乍到，事情做完不要出差錯比什麼鋌而走險的理想都來得好，也只能先接受這樣的安排了。

尷尬的是，兩人都在的時候，老師或學生跑來，搞不清楚哪一個才是正牌組長，有時找了前組長，前組長就指指J。找了J，J不知道怎麼處理，問問題的人和應該回答問題的人就又一起把頭轉向站在一旁的前組長。

幹事阿姨說得沒錯，「兩個到底要聽哪一個」、「她以前都不是這樣做耶」、「你們這樣換來換去，事情都要重來過」，一個組長換過一個組長，大家經常看見川流不息的人，忘卻靜置一旁的其實並不是座銅像。

主任對一些活動細節有疑慮時，找了J討論，總不忘再找姊妹淘前組長核對。新官上任小心駛得萬年船也是對。前組長，檯面上的工作之外還要經常被請來隔壁參與決策或免付費諮詢或無償代班。這樣想把事情做好、對好友有情有義理應令人敬佩。而幹事阿姨起碼全部問過一輪，斟酌了大家的說法，才放心把公文發了出去。

可是J告訴我：「這世界最糟糕的事之一，就是好人太多。」糟糕的當然不是好人，而是當好人很多的時候，一種以愛以好為名的集體暴力就將瘟疫般地虐殺你的存在。

於是少數經常成為異端。像是當年我很乖，她就顯得奇怪。我不挑食，她就變得浪費。老師同學也許會越過她，直接就把讚美給了我。某種機制下的篩選，我是A，她是B。我終究成為升旗台上經常接受許多掌聲的受獎人，而她永遠是一座被棄置的銅像。

J的性格像是當年必得梳成半屏山的瀏海那樣，看起來柔軟其實堅硬，她曾在我的畢冊留下一句座右銘：「規則就是拿來違反的。」國三時每個早自習，老師要我們背下一句idiom，J的老師也要求她們背了「Rules are meant to be broken」嗎？不禁又想起她那甘願被鍊住，也要把情書交到學長手裡的義無反顧。

趴在地上的情書，每個字都像是放大的獸，一口一口吞掉一位少女的自尊。她應該不想被我看見吧，在難為情的時候。可是我沒有惡意，我是好人，只是想在下課時去探望，關心關心自己的朋友。

以愛以好為名的群體何其暴力。

J說後來，在辦公室她就安靜地進出了，人們泰半喜歡成就大我犧牲小我的熱烈與無償，她不信付出教育愛的方式只有這一種。她不會是好人，那就不要是好人。我眼前竟然閃過一些學生的臉，那些曾被貼上標籤說是功課不好的人，索性就永遠功課不好起來。

想起那年在福利社，她來時像雲，走時也是。總覺得在豬血糕事件拯救我的偉人應該不是蔣公。她那藏在堅毅瀏海下的眼神，企圖不要與我對焦，可是我看見她看見我，在拉著一群半屏山離去的時候。

J現在還是訓育組長，經常加班得晚，那樣趴在地上一個字寫過一個字，在蔣公銅像面前靜坐如孤烈抗議的絕食者，現在已經不孤烈了。她忽然笑了起來，說好不容易熄婦熬成婆，結果比不上時代在改變，現在威的是學生，老師啊是伴讀，行政嘛是公僕。

要上甜點了。服務生收走盤子，一碟子的豌豆，有點突兀。豌豆好像沒做錯什麼可是就是被遺棄了，然而炒飯裡的三色蔬菜總得有它，傑克因而也得到下金蛋的母雞，可是巨人沿著它恐攻似地追擊而來時，又不得不斷尾求生。

媳婦真的熬成婆了。假日回台中，J說孩子喜歡外婆的晚餐。勝與敗，好與不好，可不可能交混共存？也或許是時間的問題。美式餐廳裡的貓，擺動了一整個下午的尾巴，機械般柔軟又堅持。戲棚下站久了，吹來的風好勵志。

送上來的甜點是和菓子湯圓，還熱呼呼的。美式簡餐店竟出現日式甜點？她讀著湯碗旁的小字，啊對這家店就叫做「美利堅綜合國」。

她抬起頭來與我對視大笑，燦爛如巴塞隆納的晴空。而我喜歡那樣的笑容。

不知不覺，就會發現「雜念和憂愁似乎都遺留在山的那一邊」。

行走於空橋，光影如流蘇，遠方一片偌大的綠，天空很高，心情也跟著空曠起來。

光與餐桌上方的水晶燈及天花層板潑灑出碎鑽似的節奏，那是魅惑光影的纏綿，是影與影最純粹的交媾。

多少美麗的風景毋須旅行，家鄉俯拾即是，然而我的心似不曾為誰停留。

有陽光的五月，偶然輕風一陣，漫天飛雪，如驚起的蝶，拂來一種山嵐式的包圍。
像是立在雲中霧中雪中群蝶中，春末的微涼在心頭蕩漾⋯⋯

後記——捕夢的人

行經亞利桑那州一些景點商店或者露天的印地安鋪子，總可見一種手工編織的圓網狀吊飾，邊框偶或綴有羽毛、串珠或皮革流蘇，輕柔裊娜，如幻如夢。好奇地拿起標籤看看價格，旁邊一串說明彷彿帶有魔力，一下子就攫獲了我的心。原來這就是傳說中的「捕夢網（dream catcher）」。

"The natives believe that a dream catcher is hung to catch both good and bad dreams. The good dreams find their way through the sinew webbing to the hole in the center and pass on through down to the feathers where they are kept. The bad dreams are caught in the sinew webbing and destroyed by the first morning light."

好夢穿越網的織口，柔軟地依附在羽毛上。惡夢獵物般被網困住，撞見第一道曙光隨即退散。

我也是個捕夢的人嗎？苦行僧似地以肉身過篩美夢與惡夢，有時為了逃避惡夢，連美夢都得放棄，失去做夢的能力很久了，才發現這一副肉身有多冰冷，而世界離我好遙遠。

每個人都是在自己的生活圈子裡有感吧，你我的這些那些在不同人的世界裡也就如過眼雲煙。可是人活著總要有夢，即便這些夢在別人眼裡多麼輕鬆，或者不算什麼大志，但我還是想試試看的。

我沒有忘記想要說說話的夢想，說得好說得不好，終究是自己的語言，聽得懂聽不懂，有時是說話的人語焉不詳，有時是故意為之的迷糊仗。而我並不追求清清楚楚，慣於在迷霧之中，不明的輪廓或可解釋為掩身的幻術。

有時不免覺得，緘默更好，何以說話？

說著說著，不知道生活會不會更好？壞的會消散嗎？

然而提筆書寫之時，我真切地感知對著文字說話的剎那，那些不斷奔馳在腦中蛛網般密布的無明之念，得以暫時截斷，油然而起一股昇平，恍若進入另一種與時間、與世界無涉的虛空狀態。自此明白，書寫做為一種療癒，不是因為文字可以讓痛苦消失，而是書寫當下腦子可以暫時與現況脫節，阻斷紛亂思維的壯大團結。當生活中無可奈何的事情緊迫逼來，能夠有那麼一些些時刻不思不想，墜入另一座時空，便像是泅泳許久，偶或浮出水面換口氣，又可以更有力氣再潛下去往未知的前方游去。

《時光走向女孩》的初衷原如輯一輯二，以女校裡女老師的角色，反顧自身回溯以往，從女人走回女孩，試著貼近過去的自己，以自我對話的方式傾訴心事。有時，我喜歡那個長不大的自己，安靜地看望一份承諾，相信永恆，帶點小淘氣，願意為了夢想、為了喜愛的人而帶有童話般單純的奮不顧身；而有時，我懊惱那個長不大的自己，失去憑藉便天翻地覆，為了尋求歸屬卻羞於向世界伸手而惶惶不可終日，對於莽撞執著總是感覺虧欠。

於是，寫著寫著就跑出界外，把校園裡的自己給帶了出去，將胸口一處暗黑給帶了進來，因而有了輯三輯四，從中看望那個渴望長大而或許根本長不大的自己。然後再越界一點，讓一些女子堂而皇之走進了輯五來。我彷佛天生帶著一些反骨，界線來了便逼著我挑戰界外，然而我終究在界線內遊走，這是我現下不得不去逼視的困頓與身不由己吧。

書中收錄的四十篇文字最早可往前追溯五、六年，謝謝有鹿文化社長悔之大哥的善解與邀約，並為輯一到輯五編織了美麗的名字，讓我得以在浸潤於整理與書寫的與世隔絕感中，找回一點點與世界連結的力量。

時光走過許久，慢慢意識到，好的壞的都是日常，好夢惡夢都會落入捕夢網，世界巨大無始無邊，並不因我們用力追求或抗拒而有所動搖。

然而我仍有夢，但願好的留下，壞的會有散去的一天。也許寫著寫著，時候到了，網子一張，陽光灑落，該散去的終將不留。

謝謝我所敬慕的蔣勳老師為此書做推薦，我何其有幸！謝謝藝術家詩人許悔之、作家李欣倫教授如此珍貴的序文。謝謝有鹿文化的夥伴。謝謝聽我說話的學生、朋友和妹妹，還有翻開書看見這一行文字的你。

關於說話的些許夢想，已穿越網的織口，柔軟地依附在羽毛上，風起時，捕夢網纖纖拂動，你們是為我捕住好夢的人。

風起時，捕夢網纖纖拂動，你們是為我捕住好夢的人。

時光走向女孩

作者　黃庭鈺
照片提供　黃庭鈺

封面設計　朱疋
內頁設計　吳佳璘
編輯協力　林維玶
責任編輯　魏于婷

董事長　林明燕
副董事長　林良珀
藝術總監　黃寶萍
執行顧問　謝恩仁

社長　許悔之
總編輯　林煜幃
副總經理　李曙辛
主編　施彥如
美術編輯　吳佳璘
企劃編輯　魏于婷

策略顧問　黃惠美 · 郭旭原 · 郭思敏 · 郭孟君
顧問　施昇輝 · 林子敬 · 詹德茂 · 謝恩仁 · 林志隆
法律顧問　國際通商法律事務所／邵瓊慧律師

出版　有鹿文化事業有限公司
地址　台北市大安區濟南路三段28號7樓
電話　02-2772-7788
傳真　02-2711-2333
網址　www.uniqueroute.com
電子信箱　service@uniqueroute.com

製版印刷　沐春行銷創意有限公司

總經銷　紅螞蟻圖書有限公司
地址　台北市內湖區舊宗路二段121巷19號
電話　02-2795-3656
傳真　02-2795-4100
網址　www.e-redant.com

ISBN：978-986-95960-8-4
初版：2018年8月

定價：350元

國家圖書館出版品預行編目(CIP)資料

時光走向女孩 / 黃庭鈺著
一初版. 一 臺北市：有鹿文化, 2018.8
面；公分. 一 (看世界的方法；139)
ISBN：978-986-95960-8-4

855　107010112